裏火盗裁き帳

吉田雄亮

コスミック・時代文庫

この作品は二〇〇二年十月に刊行された『裏火盗罪科帖　修羅裁き』（光文社時代小説文庫）を改題し、大幅に加筆修正を加えたものです。

目次

第一章　死《し》　生《しょう》

一

（これでいい。俺は武士として死ねる。切腹という武士にふさわしい死に場所をあたえられた俺は幸せ者だ……）

結城蔵人《ゆうきくらんど》は心中でそう呟《つぶや》き、前に置かれた三方を、じっと見つめた。三方の上には、鈍く光る腹切刀《はらきりがたな》が置かれてある。敷かれた白い奉書が、鋭く波打つ刃《やいば》を際だたせていた。

切腹の座は、清水門外にある火付盗賊改方《ひつけとうぞくあらためかた》の役宅庭先にしつらえられてあった。介錯人《かいしゃくにん》である、御先手弓頭《おさきてゆみがしら》、加役《かやく》火付盗賊改方長官、長谷川平蔵宣以《へいぞうのぶため》が、すでに蔵人の背後に立っている。

（心残りは、微禄《びろく》とはいえ、代々続いた七十石どりの結城の家を俺の代で潰《つい》えさ

すことだ）

蔵人は中天に目を据えた。

白いものが、はらはらと舞うように落ちてくる。白い桜の花びらと見まごうたもの、それは、いまが新春のひとときであることを告げる、白雪であった。

切腹の作法は、一貫流《いっかんりゅう》、小笠原流、甲州流兵法などの各派流派でさまざまなやり方が決められている。寛政の世に生きる結城蔵人が、切腹の作法について、どの流派によるか迷ったとしても、決しておかしいことではなかった。

切腹人がよるべとする切腹作法と、介錯人が教えられてきた切腹作法の流派が違うという場合も、多々あったのである。

が、切腹作法に精通しているわけではない蔵人にも、いま自らが置かれている状況は、あきらかに切腹の式法から外れていることが理解できた。

蔵人は小身とはいえ、いやしくも直参《じきさん》旗本、武士である。武士の切腹には、検使役である目付と徒目付《かち》が立ち会い、切腹人の死を検分するのが慣わしであった。

が、介錯人・長谷川平蔵が介錯刀を抜き放った今となっても、検使役の目付、徒目付たちが現れることはなかった。

(俺が為したことは、やはり、御政道に反したこととしか、みなされなかったのか。切腹という武士《もののふ》にふさわしい死を与えられたのは、誰か知らぬがこころある武士の計らいだったに違いない。しかし、俺は、俺の為したことに、誇りこそあれ、何の悔いもない。あとは立派に腹かっさばいて、武士らしく死ぬことだけをこころがければよい)

蔵人は、切っ先を右、刃を切腹人に向くように、白木の三方に載せられた九寸五分の腹切刀へ目を注いだ。腹切刀は柄《つか》を抜き、切腹人がすぐに手に取ることが出来るよう、あらかじめ奉書で逆巻きにくるんであり、こよりで十二カ所結んであるのが常であった。

鎌倉時代のはじめは、切腹の作法がしかと定められていなかった。兄頼朝の追討を受け、奥州衣川《ころもがわ》で自刃した源義経は、

「切腹が武士のみに許された死の作法であるというのなら、己の剛勇を示す最後の場といえよう。ならば、腹切った傷口の大きさこそ剛勇ぶりを後世に残す唯一無二のものに違いない」

と、切った腹に己の手を突っ込み、血肉を引き裂いたとつたえられている。

(俺も真一文字に腹かっさばき、さらに縦一文字、十文字を己が体に刻み込んで、

生涯を遂げてみせる。武士の心意気に、作法などいらぬ）

心中でそう断じたとき、蔵人は、躰《からだ》から、すう、と、力が抜けていく、奇妙な感覚にとらわれた。

（すべてが無。生も死も、表と裏の境すら定かではない、一体のものにすぎないのかもしれぬ。死ぬために生きつづける。人の一生とは、所詮《しょせん》、死に向かって長い道のりを、休むことなく歩き続けるということか）

蔵人は目を閉じた。武士として死に行く蔵人の旅立ちを祝うかのように、風が、静謐《せいひつ》な調べを奏《かな》でていた。

「まいる」

背後の平蔵に一声かけた蔵人は、腹切刀に手を伸ばし、わが手にしかと摑みとった。静かな、落ち着き払った所作であった。

蔵人は左手で死装束《しにしょうぞく》の前をはだけた。ひんやりと冬の冷気が皮膚にからみついてくる。

右手を前方に伸ばし、手にした腹切刀を己の腹に突きたてんとした刹那《せつな》――。

凄まじい一撃が、蔵人の腕を襲った。

その衝撃が、介錯刀の峯《みね》によるものだと悟ったとき、不覚にも、蔵人は腹切刀を取り落としていた。撃たれた腕の、感覚は失《う》せていた。

蔵人は、自由になる左手を、落とした腹切刀へ伸ばした。せめて左手で腹かっさばいて、武士らしく果てよう、との必死の思いを込めた行為だった。

が、その願いを断ち切るように、介錯刀が、腹切刀をはるか前方へはじき飛ばしていた。

蔵人は、介錯人を見返った。

介錯人、長谷川平蔵が告げた。低いが、他を威圧する、力のこもった声音《こわね》であった。

「結城蔵人は、いま、果てた」

蔵人には、平蔵のいわんとするところがわからなかった。必死に推考し、その意とするところを探ろうとした。そんな蔵人のおもいを、平蔵が、断ち切った。

「おぬしの武士道、しかと、見届けたぞ」

（長谷川平蔵様こそ、切腹という武士らしい死に様を与えてくれた、その人ではないのか。なら、なんのために……）

蔵人の推考は、つづいた。が、答は得られなかった。もどかしさが、喉元に突きあげてきた。

（おれに、なにを、求めているのか……）

蔵人は、混濁《こんだく》のさなかにいた。

「蔵人、おぬしの命、わしにくれい」

平蔵のことばが、稲妻と化して、蔵人のこころに突きささった。

蔵人は、はた、と見据えた。

そこに、片頬に微かな笑みを浮かべた、平蔵がいた。

二

一刻《いっとき》（二時間）後、衣服を改めた蔵人は、火盗改《かとうあらた》メの役宅の一間に座していた。木綿《もめん》の筒袖《つつそで》に軽衫袴《かるさんばかま》という、さながら流浪《るろう》の剣客を思わせるいでたちで、平蔵が急ごしらえに、用意してくれたものであった。

罪人として遇されていない証《あかし》に、先祖伝来の胴田貫《どうだぬき》が蔵人の手に戻されていた。無銘だが切れ味鋭く、数十度に及ぶ戦いでも刃こぼれひとつしなかったとつたえられてきた代物《しろもの》である。

蔵人は、わが身を襲ったこの二日間の、めまぐるしく過ぎ去った出来事をおもい起こしていた。

旗本小普請組《こぶしんぐみ》、無役の身である結城蔵人が目付、宇野兵衛《ひょうえ》に急遽呼び出されて、宇野の屋敷へ出向いたのは昨日の昼過ぎのことであった。

下座についた蔵人を一瞥《いちべつ》して、兵衛が告げた。

「幕府の財政は逼迫《ひっぱく》しておる。そのことは、いくら軽輩とはいえ幕臣たるおぬしも知っておろう」

「御老中松平定信様が、財政建て直しのために懸命に倹約励行の施策をすすめておられるのは存じております」

「なら話は早い。おぬしに秘密裡《り》に働いてもらいたいことがあってな」

「秘密裡に？」

蔵人は思わず兵衛の顔を見上げた。

兵衛の片頬に皮肉な笑みが浮かんでいた。薄笑いを浮かべたまま、蔵人の顔をじっと見つめている。感情のこもらない、それでいて、ぬめりと絡みついてくるような、いやな顔つきであった。

重苦しいものが、その場に漂っていた。

兵衛は、自ら口を開こうとはしない。

沈黙をやぶったのは蔵人であった。

「私にできることですか」

「できるとも。我が身大事の者ならば、何の造作もなく果たせることぞ」

奥歯に物がはさまったような、兵衛の物言いだった。

「どのようなお役目で？」

「非常に大切なお役目だ。みごと果たせば御老中様も大喜びされるはず」

「では、此度《こたび》がこと、御老中さまからのご指示でございまするか」

「そうともいえぬが、まあ、いいではないか。いずれにしても幕府をおおいに助けることだ」

「……!?」

「おぬし、いまのご時世をどうみる」

「は？」

「われわれ武士が借金のために身分の低い商人どもにぺこぺこと頭を下げねばならぬようになったのは、なぜだと思う」

「なぜ、と問われても……」

「われわれ武士が、世の中が必要としていることに目をむけず、相も変わらず、やれ剣術だの、槍術だの、役にも立たぬ武芸の道にうつつを抜かした結果ではないのか」

「しかし、武芸の鍛錬に励むことこそ武士の務め。ましてや我ら直参旗本に先祖代々与えられしお役目は、先陣きって戦いに挑み、おそれおおくも大樹の御命を、我が命をもってお守りすること」

「旧《ふる》い旧い。そのようなことを考えておるから、幕府の御金蔵が空っぽになろうというこの時世に、何の手立てもなく、むだ飯を食らうだけの、ただの厄介者になりさがってしまうのだ」

「むだ飯ぐらい？　厄介者ですと？」

「そうよ。なんら幕政建て直しのための働きをしようともせず、戦乱の世さながらに日夜武芸の鍛錬にのみ励み、ほかの何事にも目をむけようとしない輩《やから》が御上《おかみ》の役に立っていると思うのか」

「かくいうそれがしも鞍馬《くらま》古流《こりゅう》の鍛錬に日夜身心を削ってまいった者。目付様は私もむだ飯ぐらい、厄介者と言われるのか」

蔵人は、はたと、兵衛を睨《ね》めつけた。

「いや。わしはおぬしを、武芸だけの者とは思ってはおらぬ。微禄《びろく》とはいえ、おそれおおくも東照大権現様の嫡男、岡崎信康様の血筋をつぐおぬしを、厄介者だとは、決して思ってはおらぬ。しかし、な」

「しかし？」

「旗本たちの中には武芸だけしか能がないものが多い。彼らにくだしおかれている俸禄が御上へ返上されたならば、どれほど幕府の財政が楽になるか」

蔵人は兵衛が何を言いたいのか、理解できずにいた。直参旗本たちに俸禄を返上させるなど、蔵人にしてみれば論外のことであった。

兵衛はそんな蔵人の思惑にかかわりなく、言葉をつづけた。

「大林多聞《たもん》。丹羽《にわ》弥助《やすけ》。木村又次郎《またじろう》。柴田源之進《げんのしん》。松岡太三《たいぞう》。真野晋作《しんさく》。これら六名についてどう思う」

「いずれも直参旗本、小普請組組下の者、それぞれがはげんだ流派で免許皆伝、目録の腕をもつ、剣の達人上手と評してよい者かと……」

蔵人の讃辞を兵衛が冷たく、遮《さえぎ》った。

「それよ。いまの世で、その芸がなんの役に立つ。もはや戦乱の世には戻らぬのだぞ」

「しかし……」

「結城、頭を切り替えろ。大林ら六名の者の俸禄は合わせて二百七十石。とり上げても微々たるものだ。しかし、塵《ちり》も積もれば山と申しての」

瞬間、閃光のごとく蔵人の脳裡《のうり》をかすめたことがあった。

それは、最近、小普請組組下の、小身の旗本、御家人たちがわずかな落度をとがめられ、御扶持召放《おふちめしはな》しの沙汰《さた》をうけて、俸禄を奪われ路頭に迷っている、との噂のことであった。その数はすでに、数十人にも及んでいるという。

（それらの落度は、宇野兵衛らが仕組んでこしらえたことではないのか）

蔵人は、心中に抱いた疑惑を口に出しそうになるのを、必死にこらえた。将軍家直属の臣ともいうべき旗本、御家人たちが、罠を仕掛けられ、罪科《つみとが》に問われて、次々と御扶持召放しの処断をうけ、俸禄を奪われている。蔵人の理解を超えた、あってはならぬことであった。

蔵人の思いにかかわりなく、兵衛が続けた。

「おぬしにやってもらいたいことだが、大林ら六名の者たちの落度を見つけだしてほしいのだ。なに、落度がなくば、何らかの落度をおかすように仕組んでもらってもいい。どうだ。やってくれるか」

「もし、お断りしたらどうなります？」

「そうさな」

兵衛が言葉を切って、蔵人を見据えた。冷え切った、蛇の目であった。

「武士は御上の命には逆らわぬものだ。もし、逆らえば、主命に背《そむ》いた不忠者ということになる」

「御上の命が理にかなわぬものであれば、臣は己が生命をかけても諫《いさ》めるべきだ。それが武士道を貫くことだと教えられております。私は目付様のご命令にはしたがえぬ」

「ならばおぬしを、上意に逆らうものとして処断するしかあるまい。引きさがって評定所《ひょうじょうしょ》の沙汰を待つがよい」

「それは何故《なにゆえ》」

「すべて御上のためにやっていること。おぬしがやらねば、ほかの者にやらせるだけのことよ。目先のきかぬ、愚か者めが」

冷笑した兵衛が、座をはずそうと立ち上がった袴《はかま》の裾《すそ》に、蔵人がとりすがった。

「目付様。不肖《ふしょう》・結城蔵人、御上の命に背いた覚えはございませぬ。何故、評定所の沙汰を待たねばならぬのか。理由を、お聞かせ願いたい」

「わしは御上の代理ともいうべき者。わしの命令をきけぬということは、つまりは、御上の命に背いたと同じことじゃ。離せ。離さぬか、未練者めが」

兵衛は蔵人の手を振りはらおうと足で蹴りはらった。

が、蔵人は微動だにしなかった。袴の裾を、さらに強く、握りしめた。その力のあまりの強さに、兵衛は、ふらりとよろけた。

「無、無礼者め。わしに狼藉《ろうぜき》をはたらく気か。わしは目付宇野兵衛なるぞ。無礼は許さぬ」

「再度、目付様にお尋ね申す。目付様の申さるることが御上の命令であるという証がいただきたい。御扶持召放しの罪科に処するがために、小身の旗本たちに落度をつくるべく罠を仕掛けることが、御上の命であるという証はどこにある。御上の命という証があれば、この蔵人、いさぎよく罪人《つみびと》として評定所のお裁きの沙汰を待つ所存。いかがか、目付様」

蔵人は、一膝すすめた膝頭《ひざがしら》で宇野兵衛の足の甲を押さえ込んだ。袴の裾をつかみとられ、残る足の甲を膝頭で封じられた兵衛は、その場に釘《くぎ》付け同然に立ちつくすしかなかった。

「離せ。離さぬか。目付であるわしに向かってなんたる雑言《ごうごん》、なんたる振る舞い。

自由になる上半身であがきにあがいた兵衛は、いきなり、拳で蔵人の顔面を殴りつけた。

「この慮外者《りょがいもの》めが」

が、蔵人は、まばたきひとつせず、兵衛を睨みすえている。

「おのれ、なんじゃ、その目は。乱心者め。許さぬ。若年寄様に申し上げ、打ち首、磔《はりつけ》、獄門にしてくれる。家族の者ども、皆殺しにしてくれるわ」

叫ぶなり、兵衛は、つばを蔵人の面《おもて》に吐きかけた。

蔵人の、袴を握った手が、足の甲を押さえていた膝頭が、兵衛からはなれた。

蔵人は懐《ふところ》からとり出した懐紙で、面をべっとりと濡らした兵衛の唾を、ゆっくりとぬぐった。それまでの激情が嘘のような、落ち着いた仕草であった。

折りたたんだ懐紙を静かに懐にしまった蔵人は、中天をじっと見据えた。

「武士の面に、唾を吐きかけられましたな」

その声には、何の抑揚《よくよう》もなかった。

「吐いたがどうした。上役《うわやく》に逆らう、うつけ者めが。何度でも唾を、吐きかけてくれるわ」

兵衛が、再び、唾を吐こうと身構えた。

一瞬――。

蔵人の体が低く沈んだ。

「理不尽!!」

裂帛《れっぱく》の、呻《うめ》きにも似た気合いを発した蔵人の膝もとから、一条の閃光が迸《ほとばし》った。

大きく叫んだ兵衛が、信じられぬように己の脇腹へ手をやった。その手が何の抵抗もなく、すっぽりと己が体内に吸い込まれたとき、兵衛の体が斜めにがっくりと揺らいだ。

蔵人の抜く手も見せぬ居合いの技が、己の脇腹から胴を斜めに斬り裂いたのだと気づいた兵衛の意識は、噴き出す血と、体の外へずり落ちていく腸《はらわた》を、視線の端に見定めた瞬間、途絶えた。

三

蔵人と向かい合って、奥州白河十一万石の藩主、将軍の補佐役でもある老中松平定信が床の間を背に座っていた。傍《かたわ》らに、長谷川平蔵が控えている。

「かねて目をかけておりました結城蔵人でございます。今まで取り立てるおりなく、気がかりなまま時が過ぎてまいりましたが此度《こたび》の仕儀、何としても窮地より拾い上げ、御上の役に立てるよき機会かと思い、御老中様に無理なお願いをいたしました」

平蔵の言葉に、定信が頷いた。

「結城蔵人とやら、松平定信じゃ。そちのことはかねがね長谷川から聞いておる。いまどき珍しき硬骨の士、戦国の世の武士の魂を持ち続けておる者とな」

「結城蔵人、此度のこと、まだ狐《きつね》につままれた思いにて……」

蔵人が、応じた。

「狐につままれた思いか。いまだ事の経緯《ゆくたて》を話しておらぬゆえ、さもあろう。さて、経緯を語るまえに、そちに話しておかねばならぬ。先日の宇野のことだが」

「宇野様がこと。仕留めた手応えがこの手に。武士の意地、しかと果たし得たかと」

「宇野については若年寄、水野監物《けんもつ》と計らい、病死として処置した。喧嘩両成敗が武士道のきまり。結城蔵人も病死として処理いたすことについては、誰一人口をはさむ者はおらなんだ。結城家は御書院番番士大石半太夫《はんだゆう》殿に嫁いだそちの姉の二男、甥《おい》にあたる大石武次郎《たけじろう》を養子として迎え、跡目を継がせることにした」

「かたじけのうございます。ただただ感謝するしかありませぬ。私めには、結城家の存続、それのみが気がかりでございました」

蔵人は平伏した。平蔵の心配りに、不覚にもあふれ出た涙が、畳についた蔵人の手にこぼれ落ちた。

平蔵の声がかかった。

「結城、おぬしにぜひとも引き受けてもらわねばならぬことがある」

「は!?」

「悪を退治する組織、蔭の火付盗賊改方ともいうべき裏火盗《うらかとう》の頭を引き受けてもらいたいのだ」

「裏火盗!?」

「打ちつづく天災や飢饉《ききん》を顧みようともしなかった、賄賂《わいろ》政治ともいうべき田沼意次《おきつぐ》政権の残滓《ざんし》が、まだこの世のあちこちに色濃く染み残っている。私利私欲に走り、悪徳商人たちと結託して数かぎりなく悪事をはたらきつづける幕閣の要人。神社仏閣の神官、僧侶のなかにも、我欲にかられ、あぶく銭をむさぼる不埒者《ふらちもの》もいる。それらに連なり、悪巧みをめぐらす大奥、政《まつりごと》とからんだ大商人どもなど、われら火盗改メの差配の及ばぬ者たちを、支配違いの決めごとにさえぎられることなく処断する組織、とおもえばよい」

「大恩ある長谷川様に申しあげにくいことでございますが、あくまで私の武士道を貫きたく、引き受けるにあたって確認いたしたきことがひとつ、さらに、是非にも承諾していただかねばならぬことがひとつございます」

「確認したきこととは？」

「御老中にお尋ねしたい。天災や飢饉、賄賂政治のもたらした人心の荒廃と経済の危機を、武家と農村の結びつきをあらためて見直し、農村より生ずる年貢を、武家社会の経済を支える基盤となす本来の武家政治を取り戻すため、質実剛健を基本思想としてうたわれる御老中様の政策には、私め、おおいに賛同しておりました。しかし、腑《ふ》に落ちぬ事柄が、最近、私めの身近でおこっております」

「腑に落ちぬことことな。申してみよ」

「御老中が、幕府財政建て直しの施策のひとつとして、小身の旗本たちを御扶持召放しの罪に陥《おとし》れ、家禄を召し上げるべく、密かに画策されていると漏れ聞いておりまするが、まことでございますか」

「わしは、知らぬ。誰がそのようなことを申した」

松平定信の面が、訝しげに歪《ゆが》んだ。

「しかと左様でございますか」

「きつい疑りようだの。いかに財政建て直しのためとはいえ、旗本たちを路頭に迷わせるようなこと、考えもせぬわ」

「武士の一言、二言はありませせぬな」

「なにっ」

蔵人を見据えた松平定信の額《ひたい》に、癇癖《かんぺき》の証の、青筋が浮かびあがったのを、平蔵は見逃さなかった。

「蔵人、よく聞け。『結城蔵人は、われらが推し進める幕政改革には、ぜひとも必要なる人材。結城の命、私に預け置きくださいませ』とのわしの要望をお聞き入れになり、おぬしの命を救ってくだされたは御老中、松平定信様であるぞ。存念があるならはっきりと申せ。我らは同志、歯に衣《きぬ》着せた物言いはいらぬ」

「同志!?　同志と申されましたな」

「そうじゃ。われらは賄賂の横行、贅沢と華美に流れ、腐敗しきった幕政を改革するべく立ち上がった、同志じゃ」

定信が言葉をつないだ。

「言が過ぎた非礼、深く詫びいります」

蔵人は、手をつき、頭を下げた。ややあって、顔をあげ、つづけた。

「私は宇野兵衛より、六人の旗本たちを御扶持召放しに処すべく罠を仕掛け、落度をつくりだすように命じられました。これは御老中ならびに若年寄様より密かに下された使命であるかのごとく聞かされておりまする」

「知らぬ。老中たちのあいだで、そのような話がとりかわされたことはない」

定信は首を傾《かし》げた。

「……そういえば、若年寄、水野監物からあがってきた質議書《しつぎしょ》にそれらしきことが記されておったな」

「若年寄、水野監物殿よりの質議書？」

平蔵が問いかける。

「五十石、三十石取りの旗本たち数十名が『財政逼迫《ひっぱく》のおり、われら小普請組配下、無役の者たちになし得ることは禄をお返しすることのみ。将軍家への積年の御恩に報いるためにも家禄返上つかまつる』と、申し出てまいった。武士道地に落ちず、と感激つかまつった、と書き添えてあったのう。返上してもらった家禄の扱いについて、問いただしてまいったものであったが」

「して、質議書への回答は？」

「討議のうえ、旗本の処遇は若年寄の差配ゆえ水野監物に返上された家禄の管理をまかせることになった、と記憶しておるが」

「蔵人の話に嘘偽《うそいつわ》りがあるとは思えませぬ。その旗本どもの家禄返上の一件、若年寄、水野監物殿が何らかの意図をもって画策したのではないか、と推定つかまつりますが」

定信が、うむ、と腕を組んだ。

蔵人が、膝をすすめた。

「われら小身の旗本たちの間では、手段を選ばず、情け容赦なく幕政建て直しをすすめる松平定信憎し。改革とは、小身の旗本を御扶持召放しの罪に陥れ、家禄を奪って路頭に迷わすためのものか、との不満の声がくすぶりはじめております」

「松平定信、大名育ちの世間知らずよ。己の足下《そつか》を突き崩そうとする者が、幕府要人のなかにいることを気づかなんだ。水野監物め、蔭ではさぞ、わしの愚鈍を笑っておろう。平蔵、佃島《つくだじま》の人足寄場《にんそくよせば》建設についても、いかなる横やりが入るやもしれんぞ」

「人足寄場の工事、こころして、すみやかにすすめまする」

「人足寄場の建設、いよいよ始まるのでございますか」

蔵人が問いかけた。

「来月、寛政二年二月十九日から仕掛かる。佃島の人足寄場は、無宿の者、軽微の罪を犯した者どもをただ処罰するだけではなく、寄場に隔離収容して、それぞれの得手不得手を見きわめ、油搾りなどの手に職を教え込み、世に戻っても、不自由なく生きていけるよう躾《しつけ》るための施設だ。わしが提言し、御老中様が強硬に主張なされて、晴れて許認されたことなのだ」

「佃島の人足寄場建設の風聞を聞き、無宿の者たちの手に職をさずけ、生きる術《すべ》を身につけさせるという、かつてない素晴らしい試み、とおもっておりました。ぜひとも、成功させねばならぬことかと」

「わしが裏火盗結成をおもいたったは、この人足寄場建設にも関わりがある。人足寄場の建設工事が始まればわしの時間が割かれるは必定《ひつじょう》。当然、火盗改メの勤めがおろそかになる。取締りがゆるくなれば闇に潜む魑魅魍魎《ちみもうりょう》たちが派手に動き出すに決まっておる。取り締まる側に手かせ足かせのつかぬ形をとり、この際、徹底的に大掃除をするべきではないか、というのが御老中とわしの考えなのだ」

「もうひとつの条件を聞き入れていただければ裏火盗のお勤め、引き受けさせていただきます。生来の頑固者、はなで決めたことは貫きたく」

「その条件、聞こう」

平蔵が蔵人を見据えた。

「私が宇野兵衛より『罠を仕掛けよ』と、命じられた小普請組の旗本たち六名を配下として使うことを許していただきたい。いずれも武術に長《た》けた者たち、必ず役に立ちまする。このままほうっておけば、いずれあの者たち、禄を失うは明らか」

「わかった。裏火盗配下のこと、おぬしの差配にまかせよう。ただし、その者たちは隠居し、一族の誰ぞに家督を譲ってもらわねばならぬ。御老中、もう一度、ご尽力いただきたく」

「よかろう。わしの力のおよぶ範囲じゃ」

定信は、重々しく頷いた。

四

大林多聞。五十石。

丹羽弥助。　四十石。

木村又次郎。　五十石。

柴田源之進。　四十五石。

松岡太三。　五十石。

真野晋作。　三十五石。


裏火盗頭領を引き受けた蔵人は、平蔵に、配下としてのぞむ者たちの名を記した書付《かきつけ》を提出した。

数日後、これら六名の者たちは、密かに南本所三之橋通りの角屋敷、長谷川平蔵の自邸に呼び出された。


自邸の一間の、上座に控える平蔵のかたわらに座った蔵人は、居並ぶ大林多聞らを前に、若年寄、水野監物らが密かに企《たくら》んでいる小身旗本の俸禄没収にかかわる謀略のこと、自らが切腹にいたりながらも生還したいきさつ、裏火盗結成にかかわる老中、松平定信、火付盗賊改方、長谷川平蔵との経緯《ゆくたて》を、ことこまかに語って聞かせた。

平蔵が言葉をそえた。

「あらましの事情はわかっていただけたと思う。裏火盗にかかわることすべて、ここにひかえる結城蔵人と得心いくまで話しあわれればよい。わしは立会人として同席いたすのみ。必要以上の口ははさまぬ」

年かさの大林多聞が、口を開いた。

「つい一月《ひとつき》ほどまえ、親しくしておった四十石どりの旗本が目付に呼び出され、ほんの些細《ささい》な落度をきつくとがめられて、御扶持召放しに処せられました。そやつも、なぜ家禄を没収されたかさっぱり様子がわからぬ、と申しておったが」

「信じられぬ。たしかにわれら無役の旗本は、御上のために役にたつ働きは何ひとつしておらぬ。それにつけても、あまりに情のないなさり方ではないか」

木村又次郎がため息をついた。

「結城殿のお話のとおりなら謀略のもとは若年寄、水野監物ということになる。が、なんのためにこのような非道を」

柴田源之進の語尾が途方にくれて、ゆれた。

「貧窮のはびこるこの御時世、家禄を失ったら、どうやって日々のたつきをあがないだしていけばいいのか。おれにはよい知恵がうかばぬ」

肩を落として、松岡太三がぼやいた。

多聞が、蔵人に向き直った。

「大林家の俸禄、裏火盗に加われば、安泰でござるな。そのこと、しかと約定《やくじょう》していただけるな」

「身命にかけて、約定いたそう。家禄安泰のこと、火付盗賊改方、長谷川平蔵様も、この場にはおられぬが老中、松平定信様も、しかと誓約しておられることだ。げんに、わが結城家の家督は、すでに甥の武次郎が継いでおる」

平蔵が、横合いから口をはさんだ。

「御老中様はともかく、わしも、この命かけて、おのおのがたの家禄安泰のこと、約定いたす。口ははさまぬ、といった口の先から、口をはさんでしもうた。どうも、いかん。ついつい、いつもの仕切り癖がでてしもうたわ」

悪さをとがめられた子供のように首をすくめた平蔵が、声をたてて笑った。その、あまりに屈託のない笑い声に、一同の緊張がほぐれた。

「身共《みども》も、ぜひにも加えていただきたい。鹿島神道流の免許皆伝の腕、やっと役に立てることができる。おもえば三十九歳の今日まで、日々鍛錬してまいった武芸の腕をふるう機会に巡りおうたことは、一度もなかった」

片膝をたて、おもわず己が差料を握りしめた松岡太三が、心の高ぶりを抑えかね、声を震わせた。

「二十歳《はたち》で隠居など前例がないでしょうね。私は家督を継いで以来、堅苦しい、窮屈な毎日を過ごしてきた。十八になる弟には悪いが、私はもともと野山を駈けめぐるのが性にあっていて、学問は大の苦手。本所の一刀流の道場へ通うのだけが楽しみでした。これから望んでいた暮らしができそうです」

最年少の真野晋作がさわやかに微笑《ほほえ》んだ。

「こうなれば、若年寄、水野監物のたくらむ小身旗本つぶしの陰謀を暴き立てることを、われら裏火盗の初仕事としようぞ」

柴田源之進が拳を握りしめた。

「そのこと、必ず暴きたて、若年寄どもの一味、殲滅《せんめつ》してくれよう。結城殿、おれはすでに裏火盗の一員と思っておるぞ」

木村又次郎が膝をのりだした。

が、ただひとり、丹羽弥助だけは違っていた。一同の昂揚《こうよう》を横目に、黙然と座していた。

「丹羽殿はいかがなさる？」

蔵人に声をかけられた丹羽弥助の顔に動揺が走り、いいしれぬ苦渋の色が浮かんだ。

「い、いや、拙者《せっしゃ》も、家督を守りたい。拙者の代で先祖より受け継いだ直参旗本四十石の丹羽の家を潰すわけにはいかぬ。裏火盗には、ぜひにも参加したい。しかし」

「なんなりと申されよ。同じ旗本のよしみ、私でできることなら力になる」

弥助は、目を背《そむ》けて口ごもった。

「わ、私事でございますれば、結城殿のそのお言葉、ただありがたく、心に染みいります。半月もあれば、かたづきますすこと。裏火盗へ加わることを前提に、身辺を整理いたしますれば、正式の返答、半月ほどのご猶予を、伏して、お願い申しあげます」

弥助は、深々と頭を下げて懇願し、もぞもぞと、

「私事でございますれば」

と、何度も繰り返した。

蔵人は、丹羽弥助のかたくなに己の殻にとじこもろうとする姿に、なす術《すべ》もなく黙りこんだ。

重苦しい沈黙が流れた。

　ややあって、蔵人が告げた。

「裏火盗のこと、たとえ死しても他言無用に願いたい。この約定、守っていただけぬときは、斬る」

　低いが、声音《こわね》に、断とした思いがこもっていた。

「丹羽弥助、小身とはいえ痩せても枯れても直参旗本。武士の魂は忘れておりませぬ。裏火盗のこと、口が裂けても他言いたさぬ」

　それまでの言い淀みが嘘のような、きっぱりとした丹羽弥助の物言いであった。

　背を伸ばし、蔵人を、真正面から見据えている。その眼に、必死なものがあった。

「丹羽殿が士道。結城蔵人、我がこころに、しかとお預かりいたす」

「結城殿。いや、御頭《おかしら》様、丹羽弥助も武士として死にたいと願う者でござる。未練者とお笑いくだされい」

　丹羽弥助が、畳に額を摺《す》りつけんばかりに平伏した。

　弥助を瞬目し、蔵人は、おもむろに眼を閉じた。

五

奥州道にそって山谷堀《さんやぼり》に架かる三谷橋から、浅草新鳥越町《しんとりごえちょう》一丁目、浅草新鳥越町二丁目と町家が建ちならぶ。

その町家が途切れた、横道の奥にある貞岸寺《ていがんじ》の裏手に、貞岸寺の持ち家が二軒、境内からつづく、こんもりと繁った森に囲まれるようにして、建っていた。

たまたま空き家だった貞岸寺の離れに、相前後して引っ越してきた武芸者と町医者がいた。

武芸者は、とある町道場で師範代をつとめているという触れ込みであり、町医者は、武州・川越で開業していたが隠退し、江戸で余生を送りたいとの本人のたっての希望で浅草新鳥越町二丁目の貞岸寺の離れに隠居所をかまえた、という噂であった。

この医者には、隣人の武芸者と剣術の修行に励む、医業よりも武芸に興味のありそうな、二十歳前後の若者が、弟子として付き添っていた。

近隣の者たちが病気の子供などをかかえて駆け込めば、五十代半ばのこの医者は、気やすく診察してくれ、代金はある時払いの催促なしといった鷹揚《おうよう》さで、引っ越してくるそうそう、大繁盛の態《てい》をなしていた。

が、この医者はなかなかの我儘者《わがままもの》で、ときどき〈やすみ〉の貼り紙をして、留守にすることが多いのが欠点だった。

この日、この町医者の戸口には、〈やすみ〉と墨書された紙が貼りだされていた。診察をうけにきた子供の手をひいた長屋のかみさんらしい中年女が、貼り紙をみて、しばらく未練げに戸をがたがたと揺すっていたが、やがてあきらめたのか、がっかりしたような顔つきで帰って行く。

その母子の後ろ姿を、細めにあけた隣家の障子の蔭から窺う男がいた。〈やすみ〉の貼り紙を出した張本人、五十代半ばの町医者であった。

「あの坊主なら診察しなくても大丈夫。熱も引いたことだし、ただの風邪だ、あとは無茶をしなければ自然となおるだろう」

ぼそぼそとつぶやきながら障子をしめた町医者は、まさしく、大林多聞そのひとであった。

「本格的な町医者ぶりですな。大林殿に、医術の心得があるとは思わなかった」

いくぶん揶揄《やゆ》するような松岡太三の口調だった。

そこには、蔵人、真野晋作、木村又次郎、柴田源之進ら裏火盗の面々が、円座を組んですわっている。その一角に腰をおろした多聞が応じた。

「二年前に、風邪をこじらせて急死したわしの妻の実家《さと》が町医者でな。もともと薬草やら言い伝えの療法に興味はあったんだが、そこは縁のつながった強み、何かあるたびに遠慮なく聞きただし、そうこうしているうちに、多少の病気、怪我なら義父殿《おやじどの》の代診ぐらいできるほどになっていたんだ」

蔵人が、一同を見渡し告げた。

「始めるか」

それまでのやわらいだ空気が一変し、緊迫したものがその場に流れた。

「長谷川様の御屋敷で裏火盗結成をきめた日から十日が過ぎた。この間に、松岡と木村、柴田には、独り者の浪人ということで、浅草・花川戸町の長屋に拠点を定めてもらった。多聞さんと晋作には、医者とその弟子というかたちで、おれの住まいと隣り合ってもらった。多聞さんに副長の務めを果たしてもらうには、そのほうが都合がよいと考えたからだ」

「われわれも長屋暮らしになれ申した。居心地もなかなかのもので」

同意を求めて、松岡が柴田と木村を振り向いた。柴田と木村は、黙って頷く。

蔵人が、松岡に問いかけた。

「水野監物の、御扶持召放しの陰謀の犠牲になった小身旗本たちの様子はどうだ」

「われわれが手分けして探りだした結果、この三カ月で四十七人の小身旗本、御家人が御扶持召放しに処せられ、禄をはなれております。いずれも若年寄、水野監物配下の目付から呼び出され、些細《ささい》なこと、たとえば『小普請組の集まりに顔を出さないのは何のためだ。たまにしか開かれない集まりは、いわば、お勤めの呼び出しと同じ意味をもつものではないのか。怠慢以外の何ものでもない』などと、とがめられ、逆らおうものなら、その一言にもつけこまれて、結句、『評定所からのお沙汰を待つか』と脅され、『いまなら家禄を返上することで罪科《つみとが》はまぬがれるぞ』と迫られて、家禄を返上するか、あるいは、御扶持召放しに追い込まれるか、そういう段取りの形ができているようで」

「御扶持召放しによる家禄没収、あるいは家禄をむりやり返上させられた者たちのうち武芸達者が十六名、あとは病弱な者、世渡り下手で家に引きこもっていた者などがしめております。これから標的になるのも同じような者たちではないかと」

柴田がいいそえた。

うむ、と腕組みをした蔵人が、

「罠にはめられた小身旗本たちの知行地でどんなことが行われているかを知る必要があるな。松岡、柴田、すまんが家禄を奪われた小身旗本たちの知行地へ出張《でば》って、探りを入れてくれ。すべての知行地へ出向く必要はない。近場の知行地三、四カ所も調べれば、あらかたのことがわかるだろう」

「なら武州あたりに点在する知行地がいいでしょう。明朝早く、旅立つことに。そうしよう、柴田さん」

「くれぐれも若年寄配下の者たちに気取《けど》られぬようにな」

蔵人の念押しに、松岡と柴田が頷いた。蔵人は木村に視線をうつした。

「木村は、御扶持召放しや家禄返上の憂き目にあい、家禄没収された小身旗本たちの聞き込みをつづけてくれ。水野監物たちの手口をできうるかぎり探り出すのだ」

「まだ数名ほど目付どもに家禄返上を無理強《じ》いされた者たちがおりまする。ひとりで三人分の働きをせねばなりませぬな」

木村が、おおきく胸を張った。

松岡、木村、柴田の三名が引きあげた後、蔵人は居残った多聞と真野に、丹羽弥助のことを問いただしていた。蔵人は、松岡たちには内緒で、多聞と真野に、丹羽弥助の身辺を探らせていた。

蔵人は丹羽弥助の様相に、

（なにかある）

と、感じていた。

（丹羽弥助が裏火盗の一員になったときに、此度《こたび》の私の問題ごとで、松岡たち三人にたいして、丹羽に肩身のせまい思いをさせたくない）

と配慮した上での探索だった。

「多聞さん、丹羽殿の動き、何か不審なことがありましたか？」

「晋作と一日おきに聞き込みましたが、丹羽殿のこと、まずは心配あるまい、と判断いたしました」

真野晋作が、裏付けるように大きく頷いた。

「判断のもととなるもの、お聞かせ願いたい」

蔵人は、多聞の復申を、目を閉じて黙ってきいている。

多聞がすべてを語り終えたあと、少しの間、静寂がその場を支配した。

蔵人が、ゆっくりと目を見開いた。

「丹羽殿のこと、今後も、手分けして張り込むこととしよう。丹羽殿がいった、裏火盗の勤めへ加わるまでの半月の期限が、そろそろ迫っておるでな」

第二章　恋《れん》　着《ちやく》

一

（免許皆伝を授《さず》けられ代稽古を拝命したとき、家を出て、一介の剣客として生きればよかったのかもしれぬ）

丹羽弥助は、この十数年の間、何度となく胸をよぎりつづけたおもいにとらわれていた。

このおもいは、このところ、弥助の胸に、さらに強く居座りつづけている。

（しかし、時は還《かえ》らぬ。悔いても詮《せん》ないことではないか）

そう自らに言い聞かせて、閉じこめようとしても、すぐに湧き上がってくるおもいに、もはや、弥助は抗しきれなくなっていた。

（丹羽の家に、婿《むこ》として入らねばよかったのだ）

弥助のおもいは際限なく、深い淵に沈みこんでいく。

そのおもいの源《みなもと》に、あるおんなとの触れ合いがあることを、弥助は気づいていた。

おんなの名は縫《ぬい》。

三十俵二人扶持《ぶち》の御家人、宇津木多一郎《うつぎたいちろう》の妻であった。

弥助は、浅草の呉服問屋［井筒屋《いづつや》］から、小身の旗本、御家人の妻女たちの仕立物の内職の差配を任されていた。

井筒屋の主人、作兵衛《さくべえ》は商人には珍しく大の武芸好きで、月に数回は、剣豪の誉れ高い塚原卜伝《ぼくでん》高幹《たかもと》を開祖とする、新当流の井坂道場へ稽古に出向くほどであった。

その井坂道場の師範代を務めていたのが、丹羽弥助であった。作兵衛は七歳年下の弥助の、不器用ともいうべき実直さをこよなく愛して、暮らしのたつきの不足をさりげなく埋めてやるなど、なにくれとなく面倒をみつづけていた。

さむらいと町人という、身分の差をこえた付き合いをしてきた井筒屋作兵衛が、貧乏旗本の丹羽家の養子にはいった、弥助の窮状をみかねて助け船を出した。それが井筒屋の仕立物の一部を、旗本、御家人の妻女たちへまわし、その差配を弥助に任せるということであった。

縫は、弥助の差配する井筒屋の仕立物を請けおうひとりであった。

縫は、瓜実顔《うりざねがお》の、奥二重の切れ長な瞳に、楚々とした雰囲気をたたえた、野辺にさりげなく咲く名も知らぬ花を思わせる、万事控えめな女性《にょしょう》であった。

宇津木多一郎は、長煩《ながわずら》いで、寝たきりの日々を送っていた。一言の愚痴も洩らさず、多一郎の介護をつづける、けなげな縫の姿に、弥助は同情のおもいを禁じえなかった。

同情は、やがて、恋情に変わる。

丹羽弥助の場合も、例外ではなかった。

しかし、弥助は、そのおもいを封じこめる理《ことわり》を、こころにもちあわせていた。

（縫どののことは、あきらめねばならぬ。所詮、どうなることでもないのだ）

しかし、その理を支えていたものが、このところ、揺らいでいる。冷え切った妻、督《とく》との仲が、その揺らぎを増幅していることは明らかだった。

丹羽弥助は、もともとは、旗本五十石、小普請組組下の武藤甚五《じんご》右衛《え》門《もん》の二男として生まれた。

弥助は、武芸好きの甚五右衛門の強い意向もあって、十歳で本所の新当流井坂道場へ通いはじめ、二十二歳で免許皆伝をうけ、以後、師範代として代稽古を務める身となった。

当時、小身の旗本、御家人の二男、三男に生まれたものは、成人したら家を出て、独立せざるをえない立場にあった。

丹羽弥助のように町道場の代稽古の職にありつき、なにがしかの実入りがあるものはまだいい。たとえ、日々のたつきのめあてがなくとも、嫡子以外の、小身の旗本の子弟たちは、その貧しさゆえ、家から追放同然においだされた。家を出た旗本の二男、三男たちのなかには、武士の身分を隠し、町人として商家に勤めるものも少なくなかったのである。

閉ざされた未来しか持ち得なかった、小身旗本の二男、三男坊たちが待ち望んだこととは、他家へ養子に迎えられることであった。

弥助の将来を憂えた甚五右衛門は、なりふりかまわず、必死に弥助の養子の口をさがしつづけた。が、なかなか弥助の養子の口はみつからなかった。

二年後……。

そんな甚五右衛門の努力が、むくいられるときがきた。

旗本四十石・丹羽陽之助《ようのすけ》の娘、督との、養子縁組がまとまったのだ。

督は、そのとき、弥助より二つ年上の二十六歳。大年増《おおどしま》の、ゆかず後家であった。

赤茶けた、縮れた髪。黒ずんだその肌には、みょうにぬれぬれと脂が浮き出ていた。が、丸い顔に、細い目、低い鼻と肉厚な唇が均衡よく配されたその顔には、どこか愛らしいものが残っていた。

その愛らしさが、督の、荒れ果てた湿地を思わせる肌を補っているかのように、弥助には、感じられた。

(姿形に、文句はいうまい。おれも、自慢できるほどの姿は持ち合わせておらぬ。気だてさえよければ、生涯を仲むつまじく生きることができよう。一生、梲《うだつ》が上がらぬ身で終わるはずのおれが、微禄《びろく》とはいえ三河以来の直参旗本、丹羽家の家督を継ぐことができる。それだけでも、恵まれているとおもわねばならぬ)

こころに言い聞かせて丹羽の家に養子にはいった弥助だったが、そんな自分の思い込みが甘かったことを、婚礼の夜の新床で、早くもおもい知らされることとなった。

「丹羽の家を、子なきゆえに潰《つい》えさすわけにはまいりませぬ。励んでくださりませ」

そういうなり督は、恥ずかしげもなく身にまとっていたものをかなぐり捨て、一糸まとわぬ姿になると、いきなり弥助を押し倒し、馬乗りになって、おのが手で弥助の一物《いちもつ》をしごきながら、躊躇《ちゅうちょ》なく女陰《ほと》へみちびき入れた。

督の、性への欲求は、常軌を逸していた。

「子を産まねば、なりませぬ」

と理由をつけては、夜ごと夜ごと弥助の男根を握りしめては、おのが秘所にくわえ込んだ。

弥助は、しばしば督から凌辱《りょうじょく》されているかのような、錯覚におちいった。

督のあまりの欲求の強さに、弥助は辟易《へきえき》していた。そんな弥助のものが役にたたないとみると、督は、口に含み、あるいは執拗に手でまさぐって、ことを為遂《しと》げた。

が、子供はなかなかできなかった。

督は狂ったように、弥助の精を求めつづけ、毎晩毎夜、さらに、家人が外出し、人気《ひとけ》がなくなった昼間までも、障子を閉めては、男根を自らの肉壺にみちびき入れた。

弥助が閉口したのは、性の欲求の強さだけではなかった。督の、異常なほどの嫉妬深さにも、弥助は悩まされつづけた。

井筒屋の仕立物の差配を任された弥助のもとに、内職の仕立物をとどけにきたり、注文をうけにきたりする旗本、御家人の妻女たちと、生業《なりわい》の話をしているだけで、督は柳眉《りゅうび》をさかだてた。

仕立物を請け負った妻女たちが帰るのをみとどけるや、督は弥助に、

「顔をつきあわせて話していた女はどこの誰？」

だの、

「わたしにはあんな笑顔をみせたことはない。きっとあの女とこそこそと不義を重ねているにちがいない」

などと、ねちねちと言い立てた。

ついには、黙って耐えている弥助に、督は摑みかかり、こころが静まるまで拳で殴りつづけた。

殴り疲れ、肩でぜいぜいと息をしながら、さも憎たらしげに弥助を睨《ね》めつけ、

「あなたは養子に入りこめば、丹羽の家を自由にできると思っているだろうが、そうはさせない。わたしは丹羽の家付きむすめだ。丹羽の家はわたしのものだ」

と、言い募った。

とにかく、弥助は耐えた。

二年後、督は身籠《みごも》り、跡取りとなるべき嫡子・修太郎《しゅうたろう》を産んだ。

幸せそうに赤子の修太郎に乳をふくませる督を見るにつけ、弥助はおもった。

(これで督の、度をすぎた嫉妬も性の欲求も、少しはおさまるにちがいない)

が、弥助の思惑とは裏腹に、督の嫉妬と肉欲は、さらに増して、はげしくなっていった。

いつしか弥助は、督との時間をできるだけ持たないようになっていた。

仕立物の注文と受け取りに旗本、御家人たちの屋敷をたずね、できあがった仕立物を井筒屋へとどけては、ときどき、作兵衛の求めに応じて、剣術の稽古をつけてやる。また、早めに仕立物の差配の仕事を終えたときは、井坂道場へ出向き、代稽古をこなす。弥助は、毎日をそうやって過ごした。

弥助には、何の望みもなかった。

小身旗本の丹羽家の経済状況は逼迫《ひっぱく》していた。督は、贅沢はしないが、けっして、切り盛りがうまいほうではなかった。

貧窮になれきった日々……。

御番入りにつかう、根回しの費用を捻出するあてなど、どこにもなかった。

弥助は、ただひたすら井筒屋の仕立物差配の内職に没頭した。

いつのまにか、十数年の年月が流れ、督の欲求に逆らえぬまま交合《まぐわ》いをつづけた結果、弥助は一男二女の父になっていた。

(どうにもならぬ。縫どのへのおもいは、詮ないこと。死ぬまで、おれひとりの胸にしまっておくことなのだ)

丹羽弥助は立ち止まった。

竪川《たてかわ》が、音もなく流れている。

(川の向こうには、縫どのの住む、宇津木多一郎の屋敷がある)

丹羽弥助は、おもわず、強く顔を打ち振った。すべてを否定したくなるほどの衝撃が体内《なか》から爆裂し、みずからの体を四散させたかのような錯覚にとらわれてもいた。

弥助はおのれの足が、無意識のうちに縫のいる宇津木の屋敷へ向いていたことを、あらためて思い知らされ、驚愕《きょうがく》にうちひしがれて立ちつくした。

茜色《あかねいろ》に染まった空が次第にくろずみ、まわりの風景が朧《おぼろ》な闇にすこしずつ吸いこまれていく。

弥助は、縫への恋情も朧な闇に溶け込み、跡形もなく消え失《う》せてしまうことを、ただひたすら願いつづけていた。

二

(とうとう来てしまった……)

弥助は途方に暮れて、宇津木多一郎の屋敷を見あげた。

土井能登守《のとのかみ》の豪壮な下屋敷の大屋根がのぞめるこのあたり一帯は、小身旗本や御家人たちの小屋敷が密集して建ちならんでいる。

丹羽弥助が差配している、井筒屋の仕立物を請けおってくれる旗本、御家人の妻女たちが、多数住みついている一角でもあった。

(なんとかしてやる、と約束したが、貧乏旗本のおれには五十七両の金はつくれぬ。はじめから無理なことだったのだ)

そのことを縫に告げるのを、一日のばしにしてきた弥助だった。

(そのことを告げたとき、縫どのの運命は決まる)

弥助の脳裡を、生まれたままの姿に剥《む》かれ、見知らぬ男に組み敷かれて、生ける玩具としてさんざんに弄《もてあそ》ばれる縫の、悩ましげな姿態《したい》が、くらくかすめた。

乳房を、爪痕《つめあと》が残るほど荒く鷲《わし》づかみにされて、苦痛に顔をゆがめる縫。

四つん這《ば》いにさせられ、後ろから蜜壺に男根を突き立てられのけぞる縫。

凌辱《りょうじょく》される縫の痴態が、走馬灯のように、かぎりなく弥助のなかを駆けめぐった。

「五十七両」

丹羽弥助は、おもわず呻《うめ》いた。

五十七両という金が、縫をがんじがらめに縛《しば》りあげている。

その金は宇津木多一郎の病《やまい》を癒《いや》すために、縫が切米《きりまい》を担保に蔵前の札差《ふださし》［大口屋］から借り入れたものだった。

多一郎の病は、労咳《ろうがい》であった。当時、不治の病とされていた労咳は、ただひたすら滋養のあるものを食し、朝鮮人参などの高価な薬餌《やくじ》を給しつづけて、ひたすら体力の回復につとめ、安静な日々を過ごすしか療法がないといわれる、いわば贅沢病であった。

治る見込みのない病。限りなくつづく療養。

縫の内職の稼ぎとわずかな俸禄では、病に伏せる多一郎をかかえての暮らしは支えきれなかった。

執拗に貸付金の返済を迫る大口屋に縫は、

「もう少し待っていただけませぬか」

と、縋《すが》るしか手がなかった。たしかな返済の手立てがあるわけではなかった。一時逃れの言い訳にすぎないことを、いっている縫自身、よくわかっていた。

そんな繰り返しが何度かつづけられたあと、大口屋がひとつの取引を持ちかけてきた。

「寺島村の覚念寺《かくねんじ》でおこなわれる、蓮華加持《れんげかじ》の接待役を引き受けてくれ。なに、一晩のことだ。武士の妻女と一夜を共にしたい、という大店《おおだな》の主人の相手をすれば、十両の返済をしてもらったことにする。蓮華加持の接待役を六回引き受ければ、借金がなくなるどころか多少の銭が残るわけだ。悪い話じゃないだろう」

縫は大口屋の粘りつくような視線が、身に着けたものを一枚一枚引き剝《は》がし、躰《からだ》のすみずみまでをも品定めしているような錯覚にとらわれていた。

縫の躰を、悪寒《おかん》が襲った。

「半月後に蓮華加持が催される。それまでに心を決めておいてくださいな」

そう告げたときの、大口屋が浮かべた底意地の悪い、冷えきった笑みは縫を絶望の淵へ追いやった。

大口屋のその眼は、

（たとえ、あんたが断ろうと、腕ずくでも蓮華加持の接待役をつとめさせるよ）

と、いい放っていた。

おもいあまった縫は、丹羽弥助に、大口屋との経緯《ゆくたて》を打ち明けた。

縫は、感じていた。自分をみつめる丹羽弥助の目に、好意以上の何ものかが、浮かんでいることを……。

同時に、また、丹羽弥助が、決して不義を犯さぬ、一線を越えないこころを持っていることを、縫は、察知していた。女だけが持つ直感、といっていい。

縫から相談された丹羽弥助は、

「なんとかしよう」

と約束した。

縫は、その言葉だけで、胸のつかえが薄らいだ気がした。丹羽弥助には悪いが、縫には、弥助が五十七両もの大金をつくれるとは、どうしても思えなかった。

四十石の家禄の者の暮らし向きがどのようなものか。御家人の妻である縫は、痛いほど思い知らされていた。

が、縫は丹羽弥助が本気で五十七両をつくろうとしていることを、知ることになる。

井筒屋に掛け合って、差配料を前借りしてつくった七両の金を弥助は、

「少ないが受け取っておいてくれ」

と、縫に届けてくれたのだ。

七両は丹羽弥助の、ほぼ一年分の差配の報酬であった。

「わたしには、受け取れませせぬ」

頑《かたく》なに固辞する縫の手に、むりやり七両の紙包みを押しつけた弥助は、

「井坂先生や兄にも金策を申し入れている。わたしはあなたを、蓮華加持などという愚劣な集まりの生贄《いけにえ》にしたくないのだ」

縫は、なにもいえなかった。ただ黙って、弥助が手のひらに押しつけた紙包みを握りしめた。

宇津木の家を、夫を、ただただ守るために懸命に生きてきた日々であった。頼りにするものは、おのれの必死なおもいのみ。縫は、あまりの辛さに、屋敷近くの弁天社に詣でる風をよそおい、不届きのかどで切腹を命じられ、廃絶された旗本の無人の荒れ屋敷に密かに忍び入って、ひとり涙することもしばしばであった。

いつしか、縫は二十五になっていた。

縫が十七で嫁して半年後、多一郎が病に伏し、さらに、その後、一年の間に舅《しゅうと》、姑《しゅうとめ》が相次いで病に倒れ、わずかの闘病のすえ没した。

幸か不幸か、縫と多一郎のあいだに子はなかった。労咳という多一郎の病に交《まぐ》合《あい》は毒、ということもあって、病に伏したあと、縫はまったくといっていいほど、多一郎と肉の交わりを持たなかった。

しかるべき養子を迎え、宇津木の家系を後世へつなぐ。それだけを生きる目的としてきた縫であった。

が、その縫の決意が、いま、ぐらついている。

丹羽弥助のやさしさが縫のおんなを呼びさましたことを、縫は気づいていなかった。しかし、頼りになる人、なにかと心配りしてくれる人が傍《かたわ》らにいる、という喜びに、なぜか安堵を覚えるときが、このところ多くなったことに戸惑いを覚えていた。

ことり、と屋敷の外で物音がした。気のせいだ、と打ち消してしまえばすむほどのかすかなものであった。

が、多一郎の夕餉《ゆうげ》をすませ、後かたづけをしていた縫は、なかば反射的に顔をあげた。

(丹羽さまが、いらしたのだ。屋敷にはいれぬまま、立ちつくしていらっしゃるにちがいない。所詮、残る五十両の金策など無理なこと。約束を果たせなくとも、こころづかいに感謝こそすれ、責めることなどありようもないのに)

縫には、確信があった。

(蓮華加持は明後日に迫っている。あの律儀な丹羽さまのことだ。今日はかならず、金策の首尾を告げに来てくださる)

縫は、ちら、と多一郎がふせっている奥の間へ視線を走らせた。

(夫に気取られてはならない)

嫁して以来、はじめて味わう、どこか秘密めいた、不可解な気持だった。

縫は出入口へ歩みより、息を潜めつつ、できうるかぎり音を立てぬよう、引戸を開いていった。

足音を忍ばせた縫は、塀脇《へいわき》に立ちつくす丹羽弥助の後ろから近づいていった。

さして背は高くないが、着物の上からもそれとわかる引き締まった体軀《たいく》の、弥助のいかにも憔悴《しょうすい》しきったさまが、肩を落としたその背中から、はっきりと読みとれた。

縫は、弥助を背後から抱きしめたい衝動にかられた。なぜ、そんなはしたないおもいにとらわれたのか、縫にもわからなかった。その動揺を必死におさえようと、縫は吐く息をのみこんだ。

人の気配に、はっ、と弥助が振り返った。驚愕に細いが切れ長の弥助の目が、大きく見開かれた。

「縫どの」

細面《ほそおもて》に、高からず低からずこぢんまりとおさまった短めの鼻、薄く、小さな唇。どこをとっても特徴のない、それでいて実直を画に描いたような、丹羽弥助のいとおしい顔がそこにあった。

縫は、そのときはじめて、自分のこころの奥に潜む、あるものに気づいた。

あるもの……。

それは、丹羽弥助への恋慕の情であった。

「すまぬ、縫どの。わたしは、無力で、役立たずだ。残りの金が、できなかった」

丹羽弥助の語尾が、無念さに震えた。

「明晩のいまごろ、向井将監《しょうげん》さま屋敷近くの、弁天社の鳥居の前に来てください。話はそのときに。きっと、きっと来てくださいね。きっとですよ」

縫は、そういうなり背中を向け、小走りに屋敷内へ走りさった。

弥助は、縫の言葉の意味を解しかねていた。が、そんなことはどうでもよかった。弥助のなかで突然芽生えた、ひとつの計画が激しく渦まいていた。

（縫どのを、つれて逃げる）

丹羽弥助は、いま、ただそのことだけを考えていた。

そんな弥助を建ちならぶ組屋敷の土塀の蔭から窺う、深編笠の浪人者がいた。

着流しのその浪人は、弥助の様子をさらに読みとろうとして、深編笠の端を持ちあげた。

深編笠の下に隠されていた顔……。

それはまさしく、結城蔵人、その人のものであった。

三

翌日の夜、丹羽弥助は弁天社の鳥居のそばに、人目を避けるように立っていた。傍《かたわ》らに銀杏《いちょう》の大木が枝を大きく広げてそびえている。

靄《もや》が立ちこめた旗本たちの屋敷が建ちならぶ通りは、薄墨をひいた、すべてが仄《ほの》かな世界であった。

「丹羽さま」

ひそやかな、かすかな呼びかけではあったが、弥助には、すぐさま、縫のものだと察知できた。

ふりむいた弥助の視線のはしを、銀杏の幹の蔭からのぞく縫の着物の裾《すそ》がかすめた。

「縫どの。じつは私にも話がある」

歩みよった弥助は、表情のわずかの変化をも見逃すまいと、縫の面に視線をそそいだ。

弥助の目を縫がじっと見かえした。濡れて、きらきらと光った目だった。まばたきひとつしない。

（美しい）

弥助は、心底、そう思った。

弥助から、つと視線をはずして、縫がいった。

「少し離れてついてきてください。人目を避け、落ち着いて話ができる場所を知っています」

いうなり縫は歩き出した。弥助も、無言でしたがっていく。

縫は前方をまっすぐにみつめて歩いていく。やがて、右手に稲荷社のある小路を右へ曲がった縫の姿が、数軒目の屋敷の、崩れかけた土塀《どべい》のなかへ吸い込まれていった。

縫のあとにつづいた弥助は、土塀のなかへ足を踏み入れた。

前方にぼんやりと、荒れ果てた屋敷が浮かびあがっている。

縫は、その屋敷の濡れ縁の前に立っていた。

「数年前、不届きのかどで切腹を仰《おお》せつけられた木暮重右衛門《こぐれじゅうえもん》さまの屋敷跡です。わたし、悪い嫁で、つらいことがあるといつもここに忍び込んで、ひとりでしくしく泣いていました」

はじめて聞く縫の暮らしぶりだった。弥助は、黙って頷いた。

縫は履き物を履いたまま濡れ縁にあがり、座敷との境の破れ障子を開いて、なかへ入っていった。

丹羽弥助は、とまどっていた。

縫に案内された座敷の一角には外からなかを遮断するかのように、屏風《びょうぶ》が立てられていた。屏風の奥のさまは、崩れかけた屋敷の外見とは違って、小綺麗に整理されていた。

座敷には畳のかわりに、おそらく縫がおりをみて運び込んだのであろう十数枚の莚《むしろ》が敷きつめられていた。

履き物を脱ぎ、莚にすわった縫は、

「丹羽さまもこちらへ」

と、目線で隣へ座るようにうながした。

弥助は、大刀と脇差を腰から引き抜いて、いわれるがまま縫の傍らへ腰をおろした。

「わたくしは明日、大口屋をたずね、覚念寺へまいるつもりです。そのまえに、わたし、丹羽さまに」

「もし、もしもだ。縫どのが私のことをほんの少しでもおもっていてくださるのなら、一緒に、一緒に逃げてくれ」

「逃げる⁉」

縫の面が驚愕《きょうがく》に歪《ゆが》んだ。弥助は、それを拒絶ととった。

「すまぬ。私としたことが、忘れてほしい。許してほしい。すまぬ。宇津木殿の妻であるそなたに、道にはずれたことを申した。このとおりだ」

弥助は、膝に置いた拳をにぎりしめ、深々と頭《こうべ》を垂れた。

「なぜ、なぜあやまられるのです。なぜ、忘れてくれなどと」

縫の声が、涙にくぐもって途切れた。

弥助は、意外なおもいにとらわれた。

(縫どのが、涙ぐんでいる。なぜ、なぜなのだ?)

顔をあげて、弥助は、縫の面を見きわめようとした。が、勃然《ぼつぜん》と涌出したためらいが、その動きを、とめさせた。

怖かった。

縫の、心根を見きわめるのが、ただ怖かった。

（できれば、このまま、ときがとまってほしい）

弥助は、深いため息をもらした。

そんな弥助の膝の上に置いた手に、やさしく縫の手が重ねられた。

意外な、縫の行為だった。

縫の手のひらの暖かさが丹羽弥助の拳につたわった。その手には、激しく波うつ血の鼓動に高ぶる、縫のこころがこめられていた。

そのとき――。

弥助は、自分に寄せている縫の好意を、はっきりと感じとった。

顔をあげた。

そこに、はかなげな笑みを浮かべた、縫がいた。

「縫どの、私と逃げてくれ」

弥助は強く、縫の手を握りしめた。縫も、さらに強く、弥助の手を握りかえしてくる。

（縫どのは、おれのことを好いている）

弥助は、確信し、かすかに笑みを浮かべた。

が、縫から発せられた一言は、丹羽弥助のこころを惑乱させ、大きく切り裂いた。

「ご一緒に逃げることはできませぬ。わたくしは宇津木多一郎の妻でございます」

「それでは、なぜ」

（なぜそのような、やさしげな眼差《まなざ》しをおれに向けるのだ）

と、いいかけて、弥助は、縫の目に浮かぶものを見た。それは、みるみるうちに縫の瞳のなかに湧きいでて、溢れんばかりに膨れあがり、やがて、一粒の水滴となって瞼《まぶた》のはしからこぼれ落ちた。

「ご一緒に、逃げることはできませぬ。わたしは宇津木多一郎の妻でございます」

縫は、おなじ言葉を繰り返した。弥助は、ただ黙って縫を見つめていた。発する言葉が、みつからなかった。

「わたくしは、縫は、宇津木の家を守るために明日、大口屋へ出向き、見知らぬ江戸の商人と床をともにいたしまする。わたくしは宇津木の家の嫁。しかし」

「しかし」

「しかし、わたくしも、縫も、ひとつぐらいは我《わ》が儘《まま》を通してもいいのではないのか。いや通そう、と、決意しております」

「決意している」

「縫も、好きなお方に一度だけ抱かれて、おんなの歓《よろこ》びを、わずかでも」

「縫どの」

「縫と、お呼びくださいませ。この場が、わたくしどもの褥《しとね》がわり。丹羽さま」

縫はしずかに弥助の手をおのが胸にみちびいた。

縫の、たわわにみのった、ふくよかな乳房の、肉の感触が弥助をとらえた。

「わたくしの帯を解いてくださいませ。存分になさりませ」

縫は、ゆっくりと横たわり、着物の袖で顔をおおった。

「縫！」

丹羽弥助は縫の帯の結び目に、手をかけた。

弥助と縫の秘め事がいま、まさにはじまらんとする座敷の、閉じられた破れ障子の前から、つと離れて、庭に降りたった深編笠の浪人がいた。そのさまから、丹羽弥助と縫との、秘密の会話を盗み聞いていた、とみえた。

音もなく荒れ屋敷から立ち去った浪人、それは丹羽弥助の動向を案ずる、結城蔵人であった。

蔵人は、少しいって、土塀の崩れかけたあたりで立ち止まった。

「あのさまでは、丹羽弥助、ことの黒白をつけぬではおさまらぬであろう。なにやら怪しげな影が漂う。探りをいれるか」

蔵人は、夜空を見上げた。立ちこめる靄《もや》のかなたに、漆を塗り重ねた、漆黒の闇が拡がっていた。

四

翌日の夕方、寺島村にある覚念寺を詣でた風をよそおった丹羽弥助は、僧たちの目を盗み、覚念寺の庫裏《くり》の床下に忍んだ。

覚念寺は、十数年前までは荒れ果てた廃寺同然の寺院であった。

しかし、当代の住職・道心《どうしん》が住みつくや、わずかの間に再興し、どうやって歓心を買ったかわからぬが、江戸の富裕な商人たちのほぼ半数が、多額の寄進をしていると噂される、勢威、隆盛を極める、新興の寺院であった。

丹羽弥助が覚念寺に潜んで小半刻《こはんとき》（三十分）ほど過ぎたころ、重々しい雲がどんよりと垂れこめた空から、はらはらと白いものが落ちはじめた。

降りそそぐ雪の白さをきわだたせるかのように、薄墨色の空がしだいに濃墨《こずみ》を刷《は》いて、漆黒の色に染めあげられていった。

夜の帳《とばり》が降りるのに歩みをあわせ、凍《い》てつく寒さが、町々を包み込んでいく。

丹羽弥助は、おもわず寒さに胴震いした。かじかんだ手をすりあわせる。その摩擦音のあまりの大きさに、あわてて周囲を見渡した。

いまだに蓮華加持のはじまる気配はなかった。

弥助は、昨夜の縫との交合を、おもい起こしていた。それまでのしとやかな外見をかなぐりすてて、縫は弥助の愛撫に身悶《みもだ》えし、乱れに乱れて、おもわずあげる歓喜の声をかみ殺そうと、弥助の肩に歯を立てた。その歯形が、いまも弥助の肩に残っている。

弥助は縫が残した歯形に、そっと触れてみた。弥助のものをしっかりと受け入れ、弥助の動きにつれて腰を振り、躰《からだ》をのけぞらせた縫の姿が、まざまざと弥助の脳裡に浮かびあがった。

（縫を蓮華加持の場から拉致《らち》して、逐電《ちくでん》する。おれは、もはや、縫なしにはおれぬ）

弥助には、後戻りする気など、さらさらなかった。ただ一つ心残りは、丹羽の家をおのれの勝手によって、潰《つい》えさすことであった。

(裏火盗への誘いをあの場で受け入れ、家督を修太郎に譲ったあとであれば、すべてがまるくおさまったであろうに)

そう思案しながらも、一方では、

(もし、おれのまえに結城殿が現れなんだら、おれは目付どもの陰謀に抗しえただろうか。否《いな》。おそらく、おれは、謀《はかりごと》にはまり、結句、丹羽の家はおれの代で潰える運命にあったのだ)

と、おのれ自身にいいきかせる弥助でもあった。

暗黒と化した床下に潜み、目を閉じ、躰をまるめて凍りつく寒さと戦いながら、何度も解決のつかぬ思案を繰り返していた弥助は、突如、静寂のときをたちきって、本堂のあたりから聞こえてきた読経《どきょう》の声に、はた、と目を見開いた。

(蓮華加持がはじまった)

丹羽弥助は身をおこし、庫裏の床下を抜け出るべく、ゆるりと行動を開始した。

庫裏の濡れ縁の下まで這ってきた弥助は、境内の様子を窺った。

僧形《そうぎょう》の者や寺男たちにまじって、数人の浪人者たちが本堂の前に立っていた。

寺男はともかく僧たちもが、腰に長脇差を携えている。仏門に帰依《きえ》する者としては、異様ないでたちといえた。

そのさまから、侵入する何者かに対する備えの警戒であることは明らかだった。ひとり、ふたり……と、弥助は見張りの者の数を数えた、しめて、六人。別働隊も似たような人数に違いない。弥助は、本堂の四方に見張りが配されているはずだ、と推考した。それ以外に見回りの者が数組、総門と裏門に二人ずつ。あわせて、およそ三十人か。この人数を相手に勝てるか。弥助のこころを、逡巡がよぎった。が、そのおもいを、縫への恋情が、強く打ち消した。

（今日ただ今より、おれは鬼になる。縫を助けだし、どこか安穏にすごせるところへ逃げのびるまで、おれは鬼と化して、暴れ抜いてみせる）

弥助は、ぐい、と奥歯を嚙みしめ、大刀の鯉口《こいぐち》を切った。

庫裏の濡れ縁の下から這《は》い出た弥助は、刀を抜き払い、一直線に本堂の前に立つ僧たちへ向かって走った。

浪人者の一人が気配に振り向き、刀を抜き放った。が、弥助の新当流で鍛えぬいた技は、なまなかなものではなかった。計った間合いは寸分の狂いもなく、逆袈裟に振るった大刀は、みごとに、斬りかかろうとした浪人の脇腹を切り裂いていた。

虚をつかれ、浮き足だった僧や寺男たちのなかへ躍り込んだ弥助は、前後左右に刃を振るった。胴を、肩を斬り裂かれた浪人ふたりと寺男、僧のひとりが、刀を抜きあわせる間もなく、血を噴き散らして、境内に倒れ伏した。

「この野郎、ふざけやがって！」

僧にもあるまじき野卑《やひ》な言葉を吐いて、残った一人が長脇差を振りかざし、弥助に斬りかかってきた。

作法に外れた太刀さばきであったが、その動きは、刀を扱いなれた者のそれであった。

（こやつ、何度か人を切ったことがあるな。余計な手間はかけられぬ。一太刀でしとめてやる）

弥助は、焦っていた。一気に勝負をつけるべく、僧の喉笛に狙いをつけ、突いた。

その動きに動転したのか、僧は長脇差をやみくもに振り回し、弥助の突進を避けようとした。

その切っ先が、弥助の右手上腕を掠《かす》めたとき、僧の喉笛には、深々と弥助の剣先が突き立っていた。

数度激しく痙攣《けいれん》し、長脇差を取り落として息絶え、その場に崩れ落ちた僧の顔を踏みつけて、弥助が喉から大刀を引き抜いたとき、異変に気づいたのか、本堂の戸が引き開けられた。

「く、曲者《くせもの》！」

袈裟《けさ》をまとった僧が叫ぶのと、本堂への階段を駈けのぼった弥助が僧の首をはねたのが、ほとんど同時のことであった。僧の発した叫びは、僧の切り離された胴から噴き出る、血しぶきの流出音にかき消され、しかと聞きとることはできなかった。

　本堂にはいりこんだ弥助の姿は凄惨をきわめていた。返り血で顔の半分は赤く染まり、切り裂かれた袖からのぞく傷ついた腕からは血がしたたり落ちていた。

　ならべられた、贅をつくした酒肴《しゅこう》の膳を蹴散らし、悲鳴をあげて逃げまどう女たちや商人たちをかばって、紫の袈裟をまとった道心とおぼしき四十代の僧や弟子たち、大口屋とおもわれる商人風の男が須弥壇《しゅみだん》の前に立ちはだかっていた。

　が、縫だけは逃げずに、そこにいた。本堂の入口の真向かい、襖《ふすま》のまえに、息を呑み、棒立ちになっている。瓜実顔《うりざねがお》の、いつもはあまり感情をあらわさない縫の面が、驚愕《きょうがく》に歪《ゆが》んでいた。瞳がおおきく見開かれ、弥助をまっすぐに見つめている。

「縫！」

一声かけた弥助は、縫に駈け寄るや、ぐい、とその手をひっ摑んだ。

「弥助さま！」

「逃げる。とことん二人で逃げ抜くんだ」

縫が大きく、うなずいた。

縫の手を引いた弥助は、縫とともに一気に本堂から外へ走り出た。

五

「斬りこんだか」

結城蔵人は、傍《かたわ》らに立つ大林多聞と真野晋作に、聞かせるともなく呟《つぶや》いた。

覚念寺を見渡せる場に立つ大木の蔭に、蔵人たちは潜《ひそ》んでいた。すでに、雪は止《や》んでいる。

「助勢に向かわねば。丹羽殿が危ない」

飛び出ようとする晋作を、

「行くでない」

と、厳しく蔵人が押しとどめた。

「なにゆえに止めだてなさる」

晋作はいぶかしげに、蔵人に問いかけた。不満がその顔に浮き出ていた。

「丹羽は、ここが死に場所と、覚悟を決めて斬り込んでいる。丹羽が門外へ脱出するまで待つのだ。脱出した丹羽と女に生あらば、その後のことは丹羽の自由にまかせよう。われらは、丹羽の行く末を祝福すべく、救出のための剣を振るうのだ」

「御頭《おかしら》、もしや御頭は、はじめから、丹羽殿はこうなると、おもわれていたのではないのか。丹羽殿は、はなから裏火盗には加わるつもりはないと……」

多聞が問いかけた。

蔵人は、しばし無言であった。ややあって、口を開いた。

「そのところは、おれにもわからぬ。ただ、丹羽はこころで葛藤していた。どう生きるべきか。どう生きたらいいか。そんなときの人のこころは、弾みでどうとでも変わるものだ。自分のおもいとは裏腹に、坂道を転がる石のように転がりつづけていく。そのことだけは、おれにもわかる」

結城蔵人は、すでに自分が鬼籍の者として、この世から抹殺されていることに、おもいを馳せていた。

好きこのんで裏火盗の頭になったわけではない。すべてが、置かれた立場が生み出した、いわば、偶然のなせる結果ではなかったか。蔵人は生きながら鬼籍に入る者は、おのれ一人でよい、と考えていた。

世を捨てて裏火盗の一員になることも、丹羽弥助のごとく恋情に身を焦《こ》がし、女のために世を捨てるのも、形は違うが、ひとつの、おのれとの戦い方だとも考えていた。

(おもえばおれは、女に恋い焦がれたことなどなかった)

おのれが果たせなかったことをやってのけた丹羽弥助に、蔵人は、羨望《せんぼう》の念さえ感じていた。が、一方では、裏火盗を預かる頭として、裏火盗を捨て、女のためだけに戦おうとする丹羽弥助を、無条件に許すことはできなかった。

そのけじめが、弥助に助太刀する時機は、覚念寺の門から外へ弥助が自力で脱出したとき、という拘《こだわ》りとなってあらわれた。

剣戟《けんげき》の音は、次第に裏門の方へ移動していった。

結城蔵人は、耳をすまし、片頰にかすかな笑みを浮かべた。

「どうやら丹羽は裏門から外へ逃げ出せそうだ。いくぞ」

蔵人は、かねて用意の黒覆面を懐《ふところ》から取りだして被った。多聞も、晋作も蔵人にならった。どこの何者かわからぬようにする。それがための黒覆面であった。

蔵人たちは、覚念寺の裏門へ向かって、一気に堤を駈けおりた。

丹羽弥助は、剣陣を切りひらき、裏門に設けられた潜門《くぐりもん》から外へ抜け出ようとしていた。

潜門から走り出た弥助たちに、僧形《そうぎょう》の者や浪人たちが追いすがった。

と、石にでもつまずいたか、縫が足をもつれさせてよろけた。倒れかかる縫に腕を差しのべ、抱き支えようとした丹羽弥助に、わずかの隙《すき》が生じた。

その虚を追っ手は見逃さなかった。

背後から、僧形の男や浪人たちが斬りかかった。肩口を切り裂かれ、縫が絶叫を発し、のけぞった。

「縫！」

崩れおちる縫を抱きかかえようとした弥助の脇腹に、僧形の男の突きだした脇差が深々と突き立った。切っ先が弥助の腸《はらわた》を抉《えぐ》り抜き、背中へ突き出ている。

弥助は、袈裟《けさ》懸《が》けに僧形の男を斬り捨てた。首筋から血を噴き出させ、男はもんどりうって地面に倒れ伏した。

弥助が片腕で、懸命に縫を支えようとしてよろめき、片膝をついた。刀を地面に突き立て、体を支えた。

大上段に構えた浪人が、幹竹割《からたけわり》に弥助の脳天に大刀を振り下ろした。

刹那《せつな》――。

弥助の脳天めがけて振り下ろされた浪人の両腕が刀を握りしめたまま、高く宙へ飛んでいた。

駈け寄った結城蔵人の、身を沈めざま撥《は》ねあげた胴田貫の一撃が、ものの見事に浪人の両腕を断ち切っていた。

失われた両腕から噴出する血汐《ちしお》を夢見ごこちで見つめていた浪人が、我にかえるや、絶叫を発して、跪《ひざまず》いた。両腕から溢れでる血を止めようと、土に切口を押しつけたが、それも束の間、襲いくる激痛に地面を転がり、のたうちまわって、やがて、動きを止めた。心の臓がまだ、命の名残りの鼓動を打ちつづけているのか、身動きひとつしない浪人の切断された両腕から、断続的に血が噴出し、それがしだいに間遠くなって、弱まっていった。

刀を握りしめた浪人の両腕が、本来あるべき場所に戻りたかったのか、浪人の屍《しかばね》の傍《かたわ》らへ落ちて、弾んだ。腕は、生あるもののごとく、刀を握ったまま、離す気配もなかった。

突如現れた蔵人の、あまりにも鮮やかな手並みと、それが生み出した凄惨な光景に度肝を抜かれて、瞬時、動きをとめた僧や浪人たちが、刀を握った両腕の落下音に仰天して、現実に立ちかえった。

「容赦はせぬ！」

血のしたたる刀をひっさげた蔵人が、追撃の僧や男たちのなかへ斬り込んだ。多聞と晋作も、後につづいた。

蔵人の振るう豪剣に、逃げ腰になった浪人者数人が、またたくまに斬り伏せられた。多聞と晋作も激しく、斬り結ぶ。

「引け！　引くのだ‼」

裏門の前に、数人の僧をしたがえて仁王立ちしていた道心は、そう吠えるや、踵《きびす》をかえして潜門のなかへ消えた。

僧たちや浪人ものの一団も、後退《あとずさ》りしながら逃れ去った。

最後のひとりが門内に消え去ったとき、何ごともなかったかのように、潜門が閉ざされた。

蔵人は深追いをしなかった。

「いつ襲ってくるやもしれぬ。この場で、備えよ」

大林多聞と真野晋作が、蔵人の下知に身構えた。

胴田貫を鞘《さや》におさめ、蔵人は丹羽弥助に歩み寄った。

弥助は、片手にしっかりと縫を抱きかかえ、大刀の峯《みね》を肩に置き、攻撃にそなえて片膝を立てて腰を落としていた。

近づく蔵人の気配に、弥助は刀を持った手に力をこめた。頭を傾げて、気配を探るさまから察して、すでに視力は失われている、とみえた。

「丹羽殿、おれだ。わかるか」

「そ、その声は、結城殿」

はっ、と顔を上げた弥助が、蔵人の姿を見きわめようとした。しかし、その視線は、力なく宙を泳いだ。

蔵人は、弥助の傍らに膝をつき、弥助の手から大刀を預かりとった。なされるがままの弥助は、刀を握っていた手を地について、あやうく崩れそうになる体を、必死に支えた。

「御頭、面目、ない」

「おぬしのことが、気になってな。悪いが、見張らせてもらった」

「縫は、身動きせぬが、縫は、まだ」

「すでに、息はない」

「ぬ、縫が、死・ん・だ……」

弥助は、倒れかかるのもかまわず、両の腕で、縫を強く抱きしめて、頬ずりした。蔵人は、横倒しになる弥助の肩を抱き、支えた。

「覚念寺に、巣喰う僧は、おそらく、贋物《にせもの》。人斬りに慣れた、やつどもで、ござった。なにごとかを、たくらんで。大口屋と覚念寺住職の道心、武家の妻女を大店の主人が弄《もてあそ》ぶ蓮華加持。あやしい……」

それで精一杯だった。弥助が、物言いたげに、口をわななかせた。が、すでに、言葉を発する力は失われていた。

弥助の耳もとで、蔵人が、告げた。

「丹羽弥助。おぬしは、裏火盗の一員として、立派にお務めを果したぞ。覚念寺のこと、よくぞ探った。この働きにて、丹羽の家禄は安泰」

丹羽弥助の顔に、微笑《ほほえ》みが浮かんだ。縫を強く抱きしめるや、弥助の首が力なくずり落ちた。

蔵人は、弥助の脇腹に突き立った刀を抜き取り小脇に置いて、静かに弥助と縫の躰《からだ》を横たえた。

「多聞さん。晋作。二人を共に、どこぞへ葬《ほうむ》ってやりたい。屍を運ぶ。手伝ってほしい」

蔵人は、離れていた弥助と縫の手を、おのが両の手で、強く握りあわせた。

第三章　奸《かん》　邪《じゃ》

一

隅田川から神田川にはいり、柳橋をくぐると右手に平右衛門町《へいえもんちょう》の町並みが連なっている。

浅草御門を左にみて、すこし神田川をさかのぼったあたりに、船宿［水月《すいげつ》］はあった。

水月の主人仁七《にしち》は四十を少しすぎた、がっちりした体軀《たいく》の、身のこなしが軽い、狐顔《きつねがお》の、目つきの鋭い男であった。どこで修業したものか、なかなかの包丁さばきで、水月の肴《さかな》はうまい、との評判をとっていた。

その水月の二階、神田川に面した座敷に、結城蔵人はいた。蔵人の前に座り、手酌で盃を傾けているのは、鬼の平蔵こと鬼平の異名で盗《ぬす》っ人《と》たちから怖れられている火付盗賊改方長官、長谷川平蔵であった。

じつは、仁七は、もとは雁金《かりがね》の仁七と二つ名を持つ盗賊で、いまは長谷川平蔵の密偵《いぬ》をつとめている、一癖も二癖もある男であった。この水月も、仁七の務めの隠れ蓑《みの》がわりに、平蔵があてがったものである。

平蔵は、蔵人との連絡役を仁七に命じていた。蔵人が平蔵に連絡をとりたいときは水月に顔を出し、以前からの知り人をよそおって、座敷に仁七を招じ入れ、酒を酌み交わすふりをして、用件をつたえる。

逆に、平蔵が蔵人に連絡をとるときは、いきつけの、仲のよい船宿の主人が酒肴《しゅこう》を手土産に訪ねてくるといった、ごく自然な形を取り繕《つくろ》うように仕組んでいた。

蔵人は、丹羽弥助の死にからむ経緯《ゆくたて》を平蔵に告げ、丹羽家の家督の安泰を、依頼していた。

「さて、丹羽がこと、どういう扱いにするかの」

蔵人は、黙している。意見を差しはさめることではなかった。丹羽弥助の死は、いわば私事《わたくしごと》によるものである。そのことは、事情を語った蔵人自身、よくわかっていた。

話を聞いた長谷川平蔵も、そのことは十二分に察知している。

私事のいさかいで命を落とした小身旗本の家禄の安泰など、本来、あろうはずがなかった。

「蔵人、もう一度きく。裏火盗の頭《かしら》として、まこと丹羽は、探索の役に立ったと申すのだな」

平蔵が、ぎろりと、目を剥《む》いた。

「覚念寺で催されておりまする蓮華加持と称する、武家の妻女を江戸の大商人どもがもてあそぶ、淫《みだ》らきわまる奇妙な集まり。その蓮華加持に武家の妻女を斡旋《あっせん》する役割を担っているとおもわれる札差《ふださし》、大口屋徳蔵の謎めいた動き。聞き込みによれば覚念寺住職、道心の前身は定かではない、ということでございます」

「それら、巷《ちまた》の闇にひそみし事柄は、丹羽の動きなくしては、耳に入らなんだといいたいのだな」

「御意《ぎょい》」

平蔵は、うむ、と腕を組んだ。

「幕府御用を務める札差、大口屋徳蔵。近年、急速に勢威を増した覚念寺の住職、道心。にわかにはつながらぬな。札差か」

蔵人は、平蔵の思案にまかせている。

「御扶持召放《おふちめしはな》し、家禄返上を無理強《じ》いされた小身旗本たちが、切米《きりまい》をどこの札差で金に換えていたか、調べる必要があるな」

平蔵は独り言《ひとごと》ちて、顔を上げた。

「蔵人、小身旗本たちが罠に落とされ、家禄を奪われる謀略、調べはすすんでおろうの」

「松岡太三、柴田源之進の両名が小身旗本たちが奪われた知行地へ、ひそかに潜入しております。なんらかの結果を持ちかえるはず」

「御扶持召放しを画策するなど、御上《おかみ》をおそれぬ不敵なる所業。このような奸策《かんさく》が見過ごされれば幕府のかたちが崩れることに通じかねぬ。何としても、謀略の主を探りだし、断固たる処置をとらねばならぬ」

「改易、御扶持召放しは、断を受けた者だけではなく一族はもちろん家臣、家人にも累の及ぶこと。みだりに行われれば武家のみならず、世に乱れを生ずるもと、と案じております」

蔵人は、武士の暮らしが御上よりあたえられた俸禄によって成り立っていることに思いをはせた。その暮らしのもとが、何者かによって、御上の意図せぬところで、奪われつづけている。その蔭には、かならず、何者かのあくなき我欲が、蠢《うごめ》いているはずであった。謀略のもとは、死力を尽くしても断ち切り、葬《ほうむ》らねばならぬ。蔵人は、御扶持召放しの言葉の持つ意味あいを、あらためて思いおこしていた。

神田川のせせらぎが座敷のなかへ忍び入り、雅韻《がいん》な音色《ねいろ》を響かせている。蔵人も平蔵も、その音に聞き入っているかのように座していた。

ややあって——。

長谷川平蔵は、丹羽弥助のはたらきを認め、丹羽家の家禄安泰を老中、松平定信に願い出て安堵してもらうことを、蔵人に確約した。

蔵人には、発する言葉はなかった。膝に手を置いたまま、深々と頭《こうべ》を垂れた。蔵人には、それしか、感謝の意をつたえる術《すべ》がなかった。

平蔵が、口調をあらためていった。

「蔵人、おぬしに一言、告げておく。わしの老婆心とおもって聞くがよい。我らが任務、並みのこころでは全《まっと》うできぬぞ。他人にわずかの情けをかけたがために、おのが命を失うこともあるのだ」

「結城蔵人、肝に銘じておきます」

膝に手を置き、あらたまって頭を下げた蔵人に、平蔵が徳利を手にして告げた。

「そうかしこまらんでもいい。ときに、わしにもそちにつたえることがある」

「は？」

「旗本百五十石、鈴木兵庫介《ひょうごのすけ》殿が、わずかな落度をとがめられ、御扶持召放しの罪に問われたぞ」

「わずかな罪と申しまするると？」

「言いがかりをつけられたといったほうがいいかもしれぬ」

「言いがかり？」

「鈴木殿の知行地で川が氾濫《はんらん》し、大洪水が起きての。大層な不作であったそうな。それゆえ、鈴木殿は百姓どもを哀れにおもうて年貢を免じた。鈴木殿も決して内所は豊かではないが、百姓どもの苦労を見るに忍びない、ということだったそうな」

「近ごろ稀《まれ》にみる、こころ温まるよい話ではございませぬか」

「ところがじゃ。これが若年寄、水野監物の耳に入った。水野め、『御上より与えられし俸禄の扱いを勝手にしたるは天下の法を曲げる大罪』と屁理屈をつけおっての」

「年貢を減ずるはよしとしても、免ずるは武家の秩序を乱す所業というわけでござりまするか」

「なるほど我ら武士は百姓の作する米を年貢として徴収し、日々の暮らしを立てておる。『年貢をとらぬは、武士の暮らしのもととなる権利を放棄するも同然。鈴木兵庫介が所業、他領の百姓どもに漏れ聞こえ、不作を言い立てた百姓どもが年貢の免除を申し立て、一揆など起こしたらいかがなさる』という水野めの理屈、無理押しとわかっていても通らぬ理ではない」

「それで鈴木殿は？」

「切腹して、果てられた。『武士道、地に落ちたり。弱きものどもに一片の情けも与えられぬほど武士の精神は、落ちぶれ果てたか。もはや、この世に武士は不要なり』と書きおかれての」

「この世に武士は不要なり、か」

「鈴木兵庫介殿の為したことを暴き立て、処断を言い立てたのは水野監物の懐《ふところ》刀《がたな》といわれる目付、斎藤主膳《しゅぜん》」

「斎藤主膳は旗本三百石。柳生新陰流《やぎゅうしんかげりゅう》をよくし、愛宕下《あたごした》の柳生道場四天王のひとりと評される利《き》け者」

「蔵人。そちの鞍馬古流の腕もなかなかのものだが、どうして斎藤主膳も強いぞ。主膳め、幼きころより見知りおくが、陰険にして冷酷。『策士策に溺《おぼ》る』を地でいくやつでの、友の一人もおらなんだ。水野監物とはいい勝負じゃ」

平蔵は、苦いものでも呑みくだすように、一気に盃を干した。

二

大地をまだらに染め、白く凝結した霜々が、嫋《たお》やかな陽光をあびて、薄靄《うすもや》となって立ちのぼっている。

貞岸寺の、こんもりと木々の生い繁る境内の裏手にひろがる田畑の向こう、山谷《さんや》堀《ぼり》に沿った日本堤《づつみ》を吉原遊郭からの朝帰りの客か、職人風の男が歩いていた。一幅《いっぷく》の風景画にも似た閑寂が、その場を包み込んでいる。

突如、鋭い風切音が、その静寂を打ち破った。

空を切り裂き、重々しく響くその音は、間断なく繰り返されていた。

その音へ向かって、歩をすすめる男がいた。不思議なことに、その男の足音は、踏みしめる土に吸収されているのか、まったく聞こえなかった。

よほど特殊な訓練でも積んでいるのか、その男の存在は、貞岸寺の境内の木々の葉をかすかに鳴らす風の声にとけ込んで、毛ほどの空気の揺れも発していなかった。

その足が貞岸寺の裏手にまわり、しばらくいったとき、ぴたり、と鳴り響く風切音が途絶えた。

瞬間——。

男の足も、ぴくり、と止まった。

「仁七か？」

低いが、威圧感のある男の声が呼びかけた。

「あっしが来るのが、いつわかりやした？」

いたずらっぽい目つきで、仁七が笑いかける。

抜きはなった胴田貫を手にしたまま、蔵人はかすかに笑みをかえした。蔵人は、おのれに課した、胴田貫を一日二千回打ち振る鍛錬に励んでいたのであった。

「ここまで来る時間《とき》を計ってみて、たぶん、総門を潜《くぐ》ったあたりであろうか。歩みがわずかの間止まり、それから後、歩む音がかすかなものに変わった。歩みが途切れたのは、本堂に向かって手をあわせたためか」

「図星で。長谷川さまのおっしゃっていた通りだ。結城さまが得意とされる鞍馬古流は、平城の昔からつたわる、実戦に役立てるためにだけ編み出された、いわば斬人剣《ざんじんけん》。毛ほどの気配も見逃さぬ心配りが、剣技のもとじゃと」

「さすがに雁金の仁七との二つ名で鳴らした元盗っ人。足音を消す技はどこで身につけた」

「盗っ人稼業が身につけさせた、いわば生活の道具とでもいうべきもので。いつのまにか身についておりやした」

「戦国の世に、武士が己の生命を守るために、競って武芸の修練に励んだのと同じ理由か」

「そうかもしれませぬ。盗っ人は忍び入るのが仕事の手始め。てめえの足音で盗みの相手に気づかれちゃあ、しゃれにもならねえ」

蔵人は、音もなく胴田貫を鞘《さや》におさめながら問うた。

「長谷川様からの知らせ。緊急のことが起きたとみゆるな」

「へい。これを預かってめえりやした」

仁七は、懐《ふところ》から手拭いにくるんだ書状をとりだした。

「なんでも斎藤主膳というお侍が、急に旅に出なすったそうで」

「斎藤主膳が」

蔵人は、仁七から受け取った書状を開いた。

一気に、読む。

蔵人の眉が曇ったのを、仁七は見逃さなかった。

「あっしで役に立つことがございましたら、何でもいいつけておくんなさいまし」

「斎藤主膳がどこへ向かったか、長谷川様の書状には書かれておらぬ。おそらく、長谷川様もご存じないのではないか、と思う」

「あっしに斎藤主膳の行く先を探れ。そういうことですかい」

「できるか」

「やってみましょう。盗み入る先を、とことん探りあげるのも盗みをし遂げるための仕事のひとつで」

「斎藤主膳の屋敷の中間《ちゅうげん》あたりから情報を聞き出すつもりか。どうやって近づく？」

「蛇《じゃ》の道は蛇《へび》で。まだ、盗っ人仲間の繋がりは残ってまさぁ」

仁七が、唇のはしを歪《ゆが》めた。その面に、盗っ人で鳴らしたころの陰惨な凶相が浮かび上がって、またたく間に、それは消えた。

「できるだけ早く、斎藤主膳の動向を探りだしてくれ」

「できれば、明日にでも」

「頼りにしてるぞ」

「久しぶりに、躰《からだ》ンなかで血が騒いでまさぁ。このところ、おとなしくしておりましたんでね」

仁七は、にやり、と不敵な笑みを浮かべた。


仁七が軽やかな足取りで帰っていったのを見届けた蔵人は、深編笠をかぶって、外へ出た。

行く先は、木村又次郎の住む花川戸町の長屋であった。

すでに、太陽は中天にのぼっている。春の日をおもわせる、うららかな陽光があたりを包んでいた。心なしか、町ゆく人々の表情も、束《つか》の間の自然の和《やわ》らぎに身をゆだね、ひとときのやすらぎを楽しんでいるかに見える。

木村については、気がかりなことがあった。ほぼ一日おきに報告をかねて蔵人のもとを、訪ねて来ていた木村が、ここ数日、姿を現さないのだ。

(多聞さんら他の面々同様、木村にも裏火盗からの離脱などという変事はありえない。となると)

何らかの異変が木村の身辺を襲った、と考えるのが筋であった。

何らかの異変。それは、裏火盗の任務上、最悪の場合、斬死《ざんし》を意味する。木村が、仮の住まいとする花川戸の長屋に戻って居ないときは、その行く方を探索するなど何らかの手段をとるべきであった。

(そのときは、長谷川様の手の者の力を借りねばならぬ)

蔵人はあらゆる場合を想定しながら、山谷堀に架かる三谷橋を渡り、聖天町《しょうでんちょう》の通りを早足で歩をすすめた。

木村の住む長屋には、裏火盗に属する松岡と柴田も住んでいる。

その長屋は、花川戸の表通りから引っ込んだところにある、いわゆる裏長屋であった。

木村たちが住まう裏長屋は新築のもので、粗末な造りながら、まだほのかに木の香りが残っていた。たまたま、建ちあがったばかりの棟割長屋に目をつけた長谷川平蔵が蔭から手を回して三軒借り受け、木村たちにあてがったものであった。

裏長屋の木戸口には、

［易者《えきしや》］
［高砂ばば］
［尺八指南］
［灸《きゆう》すゑ所］
［祈禱者］
［富士構の先達］
などのさまざまな看板や貼り紙がところ狭しと掲げられていた。
高砂ばばとは、現代にいう産婆のことである。掲げられた看板のうち、尺八指南は松岡と柴田の、富士講の先達は木村の仮の生業《なりわい》で、いずれも出張稽古や旅先の資料づくりなどが専門と言い募って、探索などでしょっちゅう出歩くための隠れ蓑《みの》としていた。
蔵人が長屋の木戸を潜《くぐ》ったとき、［富士講の先達］と表障子に書かれた木村の住まいの戸口に手をかけ、引き開けようとしている浪人者がいた。
蔵人は長屋の奥に住む者でも訪ねるようなさりげない風を装い、浪人者の背後を通り抜け、足を止めて、ことさらに不審げに浪人者を振り返った。
視線に気づいたのか浪人者は、蔵人を振り返った。暗い、その暮らしぶりがすぐにも推考できる、どんよりと濁りきった目をしていた。

蔵人は深編笠の端を引き下ろし、顔を隠した。相手の興味を引き寄せるための所作であった。

蔵人は、ほんのわずかだが滴り落ちた血の跡が、赤黒く敷居に染み入っているのを、通り過ぎたときに、視線の端に捉えていた。

その場のさまから、木村に何か異変が起こっているのは明らかだった。

浪人者は、苛立《いらだ》たしげに派手に舌打ちをし、踵《きびす》を返して、蔵人に背を向け歩き出した。

蔵人は、ほぞを固めた。

(後をつけ、しかるべき機会を見出して浪人者を捕らえ、口を割らせる。木村の見極めは、その後でもよい)

蔵人は、歩き去る浪人者へ向かって、足を踏み出した。

三

吾妻橋《あづまばし》のちょうど真ん中あたりで立ち止まった浪人者は、欄干《らんかん》に手をおいて隅田川を行き来する小舟を見つめた。

蔵人は、少し離れて立ち止まり、隅田川の水面《みなも》を眺めながら、ちらりちらりと、あからさまな視線を浪人者へ走らせている。

もはや蔵人は、尾行を隠そうとはしていなかった。

（文句があるなら来てみろ。尾けられて腹立たしいなら、やましいことがないのなら、おれに声をかけてこい）

蔵人は、そう考えていた。

浪人者が蔵人を睨みつけた。

蔵人は、まっすぐに見返す。

浪人者の顔には、憎悪《ぞうお》が剝《む》き出されていた。

が、それも一瞬のことだった。

浪人者は、不快さを表すときの癖なのか、派手に舌を鳴らすと、蔵人に背を向けて歩き出した。

蔵人もつづく。

吾妻橋を渡りきった浪人者は、左へ折れ、源森橋《げんもりばし》を通り過ぎて堀川沿いに中《なか》ノ《の》々《の》瓦焼場《かわらやきば》へ向かって歩をすすめた。

浪人者が、蔵人と決着をつけようと腹を決めているのは明らかだった。

堀川沿いにある中ノ々瓦焼場と通りをはさんで、中ノ々瓦町の町並みが連なっている。その中ノ々瓦町にさしかかって一つ目の四つ角を右折すると、長勝寺《ちょうしょうじ》や長寿《ちょうじゅ》寺などの寺社が乱立する一画となる。人目を避けて決闘するには、もってこいの場所といえた。

浪人者は長勝寺の総門を潜り、境内へ入っていった。

蔵人も、当然のごとくついていく。

長勝寺の総門左手の境内を削って、長寿寺との境の塀《へい》が聳《そび》えていた。

浪人者は、その長寿寺の塀に沿って、歩を運んでいる。左手からの攻撃を避けるのが狙いの動きであった。

長寿寺の塀が左へ切れ、奥まったところにある長勝寺の本堂や庫裏《くり》が、境内に生い茂る木々の後ろに見えかけたとき、浪人者の足がぴたりと止まった。

身動きひとつしない。

事実、浪人者は困惑の最中《さなか》にいた。

背後の、深編笠をかぶった筒袖《つつそで》に軽衫袴《かるさんばかま》の、どこぞの町道場の師範代かに見ゆる武芸者風の男の気配が、すっ、とかき消すように失われてしまったからだ。

意を固めたのか、浪人者はゆっくりと振り返った。

驚愕《きょうがく》が、浪人者を襲った。

背後に居るはずの、深編笠をかぶった男の姿は、そこにはなかった。

あり得ないことであった。

あれほど明からさまに、執拗に後をつけてきた深編笠の男が、突然、姿を眩《くら》ますなど考えられなかった。

浪人者は、おもわず周囲を見渡した。恐怖に近い焦りが、その面に表れている。

「どうした？」

突然、男の声が呼びかけた。浪人者が、声のした方を振り向く。

長寿寺の塀の上、浪人者を真下に見下ろす位置に蔵人が立っていた。

「てめえ、忍びか」

発した言葉は、浪人らしからぬものであった。

蔵人の片頰に、皮肉な笑みが浮かんだ。

「たとえ、生まれながらの浪人で市井《しせい》に育った者といえども、武家の流れを汲む者にはあるまじき言葉遣いだな。おぬし、姿形だけを擬した似非《えせ》浪人とみたが、どうだ」

「似非浪人だったら、どうだというんでぇ」

浪人者は脇差を抜き放つや、蔵人めがけて投げつけた。

その脇差は、虚《むな》しく宙へ飛び、長寿寺の塀の向こうへ消えさった。

転瞬――。

蔵人は跳躍し、浪人者の背後に着地していた。

「てめえっ」

振り向きざまに斬りかかった、浪人者の刃《やいば》の下をかいくぐった蔵人の拳が、深々と浪人者の脇腹に食い込んでいた。

呻《うめ》いて、崩れ落ちた浪人者の体を肩に担ぎ上げ、蔵人は独り言ちた。

「我が鍛錬せし鞍馬古流には、剣術だけでなく跳術、体術、槍術《そうじゅつ》と、戦うためのあらゆる技が組み込まれておる。並みの武芸の流派ではない」

鞍馬古流は、牛若丸こと源義経に、天狗をよそおった京の陰陽師《おんみょうじ》、鬼一法眼《きいちほうげん》が授けたとつたえられる武芸の流派で、その始祖は何者か定かではない。もともとは役小角《えんのおづぬ》を始祖とする熊野の修験道《しゅげんどう》を学ぶ行者たちが、研鑽錬磨の果てに編み出していった、己が身を守るための技で、それが、魔王尊を本尊とする鞍馬の行者たちによって集大成されたもの、という説もあるが、その起源を裏付ける何物も残されていない。

なぜ、代々、結城家の男子が鞍馬古流の鍛錬を強《し》いられたか、そのわけを蔵人は知らない。

蔵人は、物心ついたころ、突然わが家を訪れた、墨田村の外れに住む白髪白髯《はくはつはくぜん》の行者風の男に、鞍馬古流の技を仕込まれたのであった。

その行者は、不可思議にも、蔵人に秘伝の技をつたえ終わると、いずこかへ姿を隠し、いまもってその行く方はしれない。


小半刻（三十分）後、結城蔵人は、当て落とした浪人者を病人の態《てい》を装って、中ノ々瓦町の通りで行き会った町駕籠《まちかご》に乗せ、町医者を仮の生業《なりわい》とする大林多聞《たもん》の家に担ぎ込んで、ぐるぐる巻きに縛《しば》り上げた。

〈おうしんのため『るす』〉

との貼り紙を表戸に貼り付けて、奥の間へ戻ってきた晋作が、不安げに口走った。

「もしや、木村さんはすでにこの世の人ではないのでは」

「めったなことを申すでない」

大林多聞が叱りつけた。治療のための薬草を揃える手が忙しく動いている。その動きから、多聞の動揺が窺われた。

「命に別状はあるまい。その証《あかし》に、この浪人が木村の家を見張っていたのだ。己が長屋へ逃げこむなりつっかい棒をかけ、一歩も姿を現さぬゆえ、焦《じ》れた浪人が引戸を揺すった、とみた。敷居に滴《したた》った血の痕《あと》から推定して木村が傷、深手《ふかで》ではあるまい」

蔵人のことばに、多聞が応じた。

「出血がつづいていれば深傷でなくとも、命に障ることがあります。用意が調《ととの》いました。参りましょう」

無言で頷いた蔵人は、立ち上がり手にした胴田貫を腰に差した。

「こやつが責め、木村を連れ帰ったのちに、じっくりと行ってくれよう」

見下ろした蔵人の視線の先に、いまだ気絶から醒めぬ、猿轡《さるぐつわ》をかまされ、高手小手に縛り上げられた浪人者が転がっている。

四

大林多聞、真野晋作とともに、花川戸町の木村又次郎の住まう長屋に着いた結城蔵人は、近所に住む大家の家を訪ね、

「頼まれていた医者を連れてきたが、どうやら木村殿は病《やまい》のためか寝入っているらしい。表戸を外したいのだが、いいだろうか」

と、頼み込んだ。

以前、木村を訪ねたことのある蔵人の頼みを、大家はこころよく聞き入れてくれた。

晋作が、表戸を外そうとして揺らしながら、声をかけた。

その声に、なかから木村がこたえた。

「つっかい棒を外す。手の自由がきかぬ。少し待ってくれ」

晋作の面に、安堵の笑みが拡がった。背後に立っている蔵人と多聞を振り向く。

蔵人たちも微笑《ほほえ》んでいた。

半刻（約一時間）後、多聞が傷の手当てを終えた。

木村又次郎は右手上腕、脇腹、左肩口の三カ所に敵の刃《やいば》を受けていた。いずれも急所を外れており、少し右手の動きが悪いが、多聞の診断によれば、これも後々に影響を残すほどのものではなかった。

多聞が木村の左肩口に包帯を巻き終えたのを見届けて、蔵人が問いかけた。

「仔細《しさい》を聞かせてくれぬか」

「三日前、深川元町にある本法寺《ほんぽうじ》の山門へさしかかったとき、突然、本法寺の中から走り出てきた十人あまりの浪人者に取り囲まれ、斬りかかられて、後はただ斬り抜けるのに必死で」

「襲われたとき、どこへ向かっていたのだ」

「御扶持召放しに処せられ、御上のその処置に死をもって抗議する、と書き置かれて、切腹して果てられた旗本鈴木兵庫介殿の御屋敷のある三笠町から、鈴木殿の御妻女が、いま、御預け同様に暮らしておられる六間堀町《ろつけんぼりちよう》代地の御妻女の実家、旗本百石、中島孫一郎《まごいちろう》殿の屋敷へ向かっておりました」

「何か耳よりなことでも聞き込んだか」

「鈴木兵庫介殿が、ひそかに小身旗本たちの御扶持召放しについて調べられていたとの噂がございまして」

「鈴木殿が？」

「なんでも鈴木殿の御親友の、小普請組《こぶしんぐみ》組下、八十石どりの三枝《さえぐさ》慈三郎《しげさぶろう》殿が、突然、目付、斎藤主膳殿に呼びつけられ、『身《み》共《ども》が組下の小人目付を勤めよ。ただし、一月余の見習いの期間をあたえ、任に適か否かの判断をいたす』と、命じられたそうで」

「三枝殿は、応じられたのか」

「いや、三枝殿は、数年前に風邪をこじらせられ、以来、ひどい頭痛に悩まされて、寝たり起きたりの生活ぶり。とてもお役の務まる状態ではなく、御役御辞退を申し出られたところ」

「御扶持召放しに処せられたというわけか」

「御役につくために小身旗本、御家人たちがどれほどの苦難に耐えておるか、おぬし、知らぬわけではあるまい。お勤めに励めぬのなら家禄を自ら返上いたせ。背《そむ》けば御扶持召放しに処する、と迫られて」

「三枝殿がぐずぐずしているうちに、御扶持召放しの断がくだされたというわけだな」

「鈴木殿は、三枝殿の扱いにいたく立腹され、『三枝殿が病のこと、少し探れば簡単にわかることであろうに』と仰《おお》せられて、『これには何やら謀略の匂いがする』と御扶持召放しの憂《う》き目にあった小身旗本たちのことを、ひそかに探索なされていた由《よし》」

「そこに、鈴木殿御自身が為された年貢免除にかかわる凶事が起こったのか」

「拙者《せっしゃ》が、ここ数日、鈴木殿の御屋敷の周辺を聞き込みましたところ、奇妙な噂が」

「噂？」

「鈴木兵庫介殿の若党、高木藤太郎《とうたろう》と申す者が鈴木殿が自刃された夜から行く方知れずになっている、と」

「なに、行き方知れずとな。まさか……」

「は？」

「斎藤主膳の急な旅立ち。高木藤太郎の行く方知れずとかかわりがあるやもしれぬな」

「斎藤主膳が、旅に出た、と」

「いま、長谷川様の手の者に行き先を探らせておる」

「この家を見張っていた浪人をしめあげれば、斎藤主膳がいずこへ旅立ったか分かるやもしれませぬな」

大林多聞が、口をはさんだ。

「おそらく、知るまい」

蔵人は、捕らえた浪人者と水野監物、斎藤主膳ら水野配下の目付たちとの間には、直接の繋がりはあるまい。あるとしても、水野の意を受けた何者かが間に立ち、御扶持召放しの処断を受けた旗本たちについて、ひそかに探索する木村を襲わせたに違いない、と見立てていた。

水野の意を受けた者は何者か？　木村又次郎襲撃を依頼した相手は誰なのか？

おそらく、依頼した内容は、「木村を生きたまま拉致《らち》しろ」と、いうものであったはずなのだ。そのことは、木村の受けた刀傷から判断できた。

木村を捕らえ、口を割らせる。木村の探索の目的を吐かせ、さらに、背後に存在するであろう組織の実体を喋らせる。

推定できることが一つだけあった。小身旗本たちの御扶持召放しの謀略にかかわっているのは水野監物や斎藤主膳たち幕政にたずさわる者どもだけではなく、それらの謀略に加担して、己が野望、欲望を満たそうと画策する何者かが闇に蠢《うごめ》いている、ということであった。

その闇に蠢く虫けらどもが何人、いや、虫けらどもの組織がいかほどのものか、手掛かりが皆無に近い今の状況では、予測のしようがなかった。

ひとつひとつ、縺《もつ》れた糸を解きほぐしていくしか手はなかった。しかし、虫けらどもの跳梁《ちようりよう》が一気に為されたとき、裏火盗の力でこれを封じ得るか疑問であった。

（地道な、亀の歩みのごとき探索手段では、もはや、間に合わぬ）

蔵人の直感が、そう告げていた。しかし、むざむざ引き下がるわけにはいかなかった。何らかの手立てを、いますぐに考えつかねばならなかった。

（敵の正体の見極めもつかぬ以上、策など立てられぬ。我らが生身を曝《さら》し、命を虫けらどもにくれてやる気の、捨て身の奇襲戦しか手はない。が、しかし）

蔵人の推考は、つづいた。

多聞も、晋作も、木村も、蔵人の口から発せられる次の言葉を待って黙している。

蔵人が、木村に顔を向けた。

「木村、重病人になってもらいたい」

「は？」

「何者かが正体のわからぬ敵に見張られているこの長屋に、長居は無用だと思ってな。どうせ、戦うなら、おれのところだと存分にやれる。貞岸寺の離れの裏手は田畑《でんぱた》だ」

「なるほど、わたしが戸板に乗せられて運ばれたら、かなりの手傷を負っていると、襲った奴らはおもうはずでしょう。連れていって看病するからには、わたしの仲間に違いないともおもうはずだ。もしも、捕らえた浪人者以外に見張ってる奴が別にいたら、必ず襲撃を仕掛けてくる。そう踏んだのですね、御頭《おかしら》は」

「皆には悪いが、我らが身を囮《おとり》にして敵をおびき寄せる、という策しか思いつかぬ。無能な将と笑ってくれ」

蔵人が、苦く笑って頭を下げた。

「斟酌《しんしゃく》は御無用。我ら裏火盗の任についたときから、とうに命は御頭に預けております」

多聞が姿勢を正した。

横から木村が声を上げた。

「よし。今にも死にそうな重病人になりきってやる。晋作、適当な戸板を二、三枚見繕《みつくろ》って持ってこい。大至急だ」

「はっ、直《ただ》ちに」

勢いよく立ち上がった晋作に、多聞が声をかけた。

「戸板は一枚でよいぞ。大家どのに、丁重にお頼みするのじゃ」

多聞の声音に、微《かす》かな笑みが含まれていた。


蔵人たちは、茣蓙《ござ》を敷いた戸板に木村を横たえて乗せ、花川戸町の長屋から貞岸寺裏の蔵人の家へ運び込んだ。

「どうやら、後を尾《つ》けてきた者はおらぬようだな」

蔵人が周囲に警戒の視線を走らせながら、濡れ縁に面した障子を閉めると、戸板の上で唸《うな》って半病人を擬していた木村が、すっく、と立ち上がった。

「おれの長屋を見張っていたのは、どんなやつだ。顔あらためしてくれるわ」

と、奥の間との境の襖《ふすま》を開けて、息を呑んだ。

「こやつめ。すでに息絶えているぞ！」

蔵人たちに驚愕《きようがく》が走った。

奥の間へ駈け込んだ多聞が、浪人者の傍《かたわ》らに座り込んであらためた。

「舌を嚙み切っている」

多聞が背後に立つ蔵人を振り仰《あお》いだ。

「猿轡《さるぐつわ》にした手拭いを歯で嚙み裂き、舌を嚙んだか。手拭いを嚙み裂くに長い時を要したであろうに」

「敵ながら天晴《あっぱ》れな死に様」

感に堪えかねたかのように口走った木村を、蔵人が遮《さえぎ》った。

「違う」

厳しい口調だった。蔵人は、つづけた。

「この者は、恐怖にかられて死んだのだ。諦《あきら》め、というべきことかもしれぬ。狙う相手を張り込みながら、不覚にも、おれの誘いに乗って捕らえられ、任務を果たしえなかったことに対して、組織から与えられるであろう仕置を考えたとき、死を選ぶしか道がなかったのだ。こやつには、武士道にあるごとき、生きるための規範の道筋など、ない。おれはこやつを、人の生き血をすすって、享楽の淵に身を置くことだけが望みの者とみた。おそるべきは、任務のしくじりに対し死をもって償《つぐな》わせる鉄の掟《おきて》から、もはや逃れられぬとこやつに思いこませる敵の組織だ。その全貌、すみやかに暴かねばならぬ」

「その敵の組織を暴くに、ただこの家で、敵が木村殿を襲い来るのを待つしか手立てがないとは。ほかに策はありませぬか」

多聞が蔵人に問いかけた。

「こやつの死体を曝《さら》す。花川戸からほど近い隅田川の、どこぞの河原に曝して、敵のだれかが死体を引き取りに来るのを、待つ」

多聞が、晋作が、木村が、見据えた蔵人の火花を迸《ほとばし》らせた眼光を、凝然と受け止めた。

五

夜明けを待たず、真崎稲荷《まさきいなり》近くにある、酒井家下屋敷の大屋根をのぞむ隅田川の河原に、舌を嚙み切った浪人者の死体を捨てた蔵人と晋作は、橋場町にある向島へ渡るための渡船場から少し離れたあたりで、釣り糸を垂れた。

蔵人が、真崎稲荷近くの河原を、死体の放置場としたのには理由《わけ》がある。

蔵人には、持久戦をする気などさらさらなかった。死体を発見されやすい場所に曝し、浪人者を差し向けた者の出方を見るつもりであった。

朝五つ（午前八時）、真崎稲荷の門前にある茶店の下男が、浪人者の死体を発見し大騒ぎとなった。

半刻（一時間）後、誰かが通報したのであろう。町方の同心が小者を引き連れて駈けつけて来た。

蔵人と晋作は、野次馬にまじって、怪しげな人物が現れぬか、張り込みをつづけた。

釣りに来て、浪人者の死体発見に遭遇した、暇な武芸者とその弟子に見える蔵人と晋作は、野次馬たちの噂話に聞き耳を立てた。

が、調べを終えた同心が、番太たちに命じて浪人者の死体を番所に引きあげようとするまでのほぼ一刻（二時間）の間は、何の手掛かりも得られなかった。

ただ死体を戸板に乗せて運び出す直前に、網代笠《あじろがさ》をかぶった雲水《うんすい》が、

「死んでしまえば罪人であろうが等しく御仏《みほとけ》の弟子。経文をあげさせてくだされ」

と申し出て許され、しばし、合掌し、簡単に経を唱えた。

偶然通りかかった仏門の者が、死者に出くわしたら必ず行うであろうこと、と

傍目《はため》には見えた。

経文を唱え終えた雲水は同心に深々と一礼し、数珠《じゅず》を手に静かに歩み去っていく。

「あの雲水、どこの寺に寄宿するものであろうか」

蔵人の呟《つぶや》きが、晋作にある記憶をおもい起こさせた。

丹羽弥助が斬り込んだ覚念寺で、容赦なく弥助に襲いかかる浪人者たちにまじ
って僧衣姿の者たちがいたことを、晋作は脳裡に浮かびあがらせていた。

「もしや、あの雲水は覚念寺の者では」

「あやつが行く先、見届けるとするか」

蔵人は、何ごとかを晋作の耳もとで囁《ささや》いた。

「それではこれにて」

晋作は一礼し、持っていた釣り竿と魚籠《びく》を蔵人に渡すや、踵《きびす》を返して、渡船場
に向かって走り出した。

その後ろ姿を苦笑いで見送った蔵人は、

「晋作め、己が務めのみに気をとられおって、おれに釣り竿と魚籠の面倒をみさ
せるとは、うっかり者めが。どれ、おれもうっかり者の上前をはね、大虚《おおうつ》けに成

り果てて、釣り竿二本に魚籠ふたつ、どこぞに忘れていくとするか」

蔵人は、傍《かたわ》らの松の大木に釣り竿を立てかけ、その根もとに魚籠を置いた。釣り人が、近くへ用足しにいくためにやったこと、と見えるごく自然な動きだった。

雲水は、真崎稲荷から連なる隅田川沿いの道を橋場町から銭座へ向かって、ゆっくりと歩いていく。

蔵人も、懐手《ふところで》をして、ゆっくりと歩き出した。

冬の陽が、中天にかかっている。

風が、強かった。

「夜には、雪になるかもしれぬな」

蔵人は立ち止まり、深編笠に手をかけて天を仰《あお》いだ。

雲水は浅草今戸町を通りすぎ、山谷堀にかかる今戸橋の手前を右へ曲がった。

数珠を右手に握りしめたまま、歩みをすすめる。

托鉢《たくはつ》を行う気配は、みじんもなかった。

蔵人は今戸橋を渡った。

橋を渡りきった浅草山から右へ折れる道は、谷中天王寺門前町へつづく通りで、雲水の通る浅草新鳥越町一丁目沿いの通りと、山谷堀をはさんで平行していた。

蔵人は、尾行を気取られぬための目眩《めくら》ましの手段《てだて》として、この道を選んだのだった。

雲水は三谷橋に差しかかり、立ち止まった。三谷橋を渡るか渡るまいかと、迷っている風情であった。

雲水は網代笠の端に手をかけ、蔵人の方を見やった。

蔵人の尾行が察知されたことは明白であった。

雲水の視線が、蔵人の体にくい込んでくる。蔵人は、

（この場はやり過ごし、三谷橋を行き過ぎてそのまま行き、山川町と谷中天王寺《やなかてんのうじ》門前町の境の三叉路《さんさろ》を左へゆくしかあるまい）

そう腹を決めた。

右へ折れ三谷橋を渡ると、新鳥越町一丁目から二丁目へ連なる道筋となる。新鳥越二丁目には貞岸寺があった。その離れに、蔵人や多聞たちは住んでいる。

雲水は、動かない。三谷橋の欄干《らんかん》の手前、橋の中央にあたるところに立ち、じっと前方を見つめていた。蔵人が対岸の通りの、三谷橋の前を通りすぎるのを見届けるべく、立ちつくしているかのように、蔵人にはおもえた。

蔵人は、深編笠のなかで、苦く笑った。

(舌噛み切った浪人者の尾行のときと、同じ気分でいたゆえの失敗《しくじり》。敵のなかには、雁金の仁七のごとく、足音すら消す術《すべ》を身につけておる者もいるだろう。悪事をなす者が、周囲に警戒の気を配るは当然のこと。探索には素人《しろうと》同然の我ら裏火盗。己が失敗、今後の気配りの悪例として、皆に伝えねばなるまい)

蔵人は、ゆっくりと歩を移した。蔵人の動きにつれて網代笠が、雲水の視線の動きをしめして動くのを、蔵人は視線の端でとらえていた。

(完全におれの負けだ)

が、ひとつだけはっきりしたことがあった。

(小身旗本の御扶持召放しにからんで、水野監物配下の目付どもの他に、得体《えたい》の知れぬやつらが動いていることは明白だ。そやつらの実体が那辺にあるか。突きとめずにはおかぬ)

蔵人は谷中天王寺門前町の角を曲がるときまで、一度も後ろを振り返ろうとはしなかった。

左へ曲がったとき、さりげなく三谷橋へ視線を走らせた。

すでに雲水の姿はなかった。

雲水の尾行に失敗した蔵人は、貞岸寺へ足を向けた。

貞岸寺の離れへ戻った蔵人は、寒風のなか、胴田貫の打ち振りに没頭した。

暮六つ（午後六時）の鐘が鳴り終わるころ、晋作が帰ってきた。

晋作は、蔵人の指示を受け、橋場町の渡し舟に乗りこんで隅田川の対岸の寺島村へ渡り、覚念寺へ出向いて張り込んでいた。

部屋に入ってくるなり、晋作は頭を掻いた。晋作の報告は、覚念寺の総門と裏門が見渡せる堤の、大木の蔭に隠れて見張りをつづけたが、

「何せ戻ってくる雲水が十数人にも及び、くだんの雲水がいたかどうか定めがたく」

というものだった。

蔵人の尾行に気づき、その動きさえも封じた雲水を擁する組織が、簡単に尻尾を握らせるとは思えなかった。

起きているときは強がっているが、奥の間に寝ている木村が、傷の痛みに耐えかねて呻《うめ》き声を洩らした。

（仁七の聞き込みの結果を待つしか手はあるまい。下手に動けば敵に乗ぜられるだけだ）

蔵人は、腹をくくった。

第四章　梟《きょう》　臣《しん》

一

夜半から降りはじめた雪が、いまだ降り足りぬのか、勢いを弱めながら白い綿の塊を落としつづけている。

結城蔵人は障子を開け放して腕組みをしたまま、濡れ縁に座していた。

仁七からの連絡は、まだない。

蔵人は、立ち会ったことのない斎藤主膳の剣技に、おもいを馳せていた。

柳生新陰流は、将軍家指南役をつとめる柳生家が、代々つたえる剣の流派である。歴代将軍家が指南を受ける流派ということで、柳生道場には入門を志願する者たちが殺到し、それらの弟子たちから柳生流の武芸の形は漏れつたえられ、秘伝にかかわるもの以外は、殆《ほとん》どの剣技が知られていた。

（しかし、剣は使う者の心根でどうとでも変わる。長谷川様は斎藤主膳が若年のころを、『策士策に溺《おぼ》る』を画に描いたような男と評しておられた。溺れるほど『策』を弄《ろう》するのが好きな斎藤主膳のことだ。柳生の剣を、教えられたままに使いこなすとは考えがたい）

鞍馬古流をつたえてくれた有堂孤舟斎《うどうこしゅうさい》と名乗った白髪白髯《はくはつはくぜん》の行者が、いつも蔵人に語ってくれた言葉があった。

「戦いは千変万化。同じ形は、ひとつもない。地の形、風雨のなりたち、陽の位置するところ、その場の状況を読み取り、己が使いこなす技を瞬時に決めて、これを行う。戦いは人がするもの。敵がどう間合いをとり詰めてくるか。敵がどの技で攻めてくるか。それらはすべて敵の心根、人となりが決めるものじゃ。敵の人となりを読み尽くす。それは、戦いに勝利する大きな力となろうぞ」

その言葉は、何度も蔵人の頭のなかを駈けめぐり反芻《はんすう》された。

（所詮《しょせん》、戦いの方策は、その場の成り行きでしか決まらぬ）

蔵人は、思考を止めた。

木の枝が、降り積もった雪の重さに耐えかねたのか、鈍い音を発して折れ曲がった。折れた枝を滑った雪が、石灯籠《いしどうろう》を覆った白い塊を殺《そ》ぎ落とし、派手な音をたてて落ちた。

そのとき――。

蔵人の耳は、かすかな音を捕らえていた。一方の足が雪に触れるや、すぐにもう一方の足が、積もり重なった雪が崩れる間もなく、着地する。足が地に触れるか触れぬか、わからぬ間に歩をすすめていく、音を消したこの歩き方の主は、蔵人の知るかぎり、仁七しかいなかった。

ほどなくして、仁七は貞岸寺の境内を大きく横切って、本堂の裏手にある蔵人の住まいの前庭に、その姿を現した。

「突きとめたか」

濡れ縁に座ったまま、蔵人が問いかけた。

「へい」

仁七が腰を屈《かが》めた。その顔に笑みが漂っている。

「入れ。この寒さだ。暖をとりながら、話を聞こう」

奥の間に寝ていた木村が、隣家の多聞と晋作を呼びに走った。

「火鉢の近くへ寄れ。その方が話をするにも何かと都合がよい」

「それじゃ甘えさせていただきやす」

座敷のとば口に控えていた仁七が、にじり寄って火鉢に手をかざし、寒さにかじかんでいた両の手を揉み合わせた。

蔵人が手にした火箸で炭を掻きだし、新たな炭をくべる。心なしか、暖かさが増したような気がした。

「人心地つきやした。報告いたしやす。斎藤主膳が旅立った先は武州上石原《かみいしはら》で」

「武州上石原は、中山道を江戸日本橋より十五里三十五丁余の熊ヶ谷宿から下石原上石原と連なる一画。大身、小身を問わず旗本の知行地が入り組んで点在するところだ。おれの推測、あたったようだな」

「と申しやすと」

「熊ヶ谷宿に次ぐ中山道の宿場は深谷《ふかや》。深谷宿を少し行けば上杉家の古城跡が残る茅場《かやば》となる。茅場藩二万五百石の藩主は若年寄、水野監物。おそらく、そのあたりが斎藤主膳が行き先かと」

「若年寄といえば目付の親玉」

「斎藤主膳が向かった上石原より茅場までは三里余り。斎藤主膳め、茅場まで足をのばす所存かもしれぬな」

「昨夜あっしの留守中に、長谷川様が夜回りのついでにふらりと水月《すいげつ》にお寄りになりやして。結城様に渡してくれ、と書付《かきつけ》を置いていかれやした。後先になりやしたが、これでございます」

仁七は手拭いにくるんだ書付を取りだし、蔵人に手渡した。

蔵人が開いた書付には、

［鈴木兵庫介の知行地は武州東方《ひがしかた》。禅宗の名刹国済寺《こくさいじ》の寺領三十石の近くなり。右、取り急ぎ　平蔵］

と、急ぎ書きの文字が躍っていた。

「御頭《おかしら》、急な呼び出しとは斎藤主膳のことでございますか」

座敷の外、障子ごしに多聞が声をかけてきた。

「多聞さんか。入ってくれ」

大林多聞が障子を開いた。

「あっしの昔の博奕《ばくち》仲間に、斎藤主膳の屋敷へ出入りしている渡り中間《ちゅうげん》がおりやしてね。その渡り中間を呼び出して、鼻薬をかがせやしたら、ぺらぺらと。雑作はありやせんでした」

仁七の話を並んで聞いていた多聞が、

「武州は松岡や柴田が出向いている先ではございませぬか。もしや」

「おれもそのことを案じていた。松岡たちが調べについ熱を入れすぎて、斎藤主膳たちの探索の網の目に引っ掛からねばよいが」

蔵人は、語尾を落とした。

多聞が応じた。

「松岡殿は鹿島神道流免許皆伝、柴田殿も薬丸流の目録の腕前だ。むざむざ後れをとることもありますまい」

晋作が言葉をはさむ。

「しかし、斎藤主膳は柳生道場四天王の一人と聞いております。よくて相打ち、とわたしはみますが」

「晋作、おぬしはどっちの味方だ」

木村が不満げに晋作を睨め付けた。

「よさぬか、木村。腕を計り合ってどうなる。命のやりとりが迫っておる話じゃぞ」

多聞の声音《こわね》に、厳しいものが含まれていた。

木村が黙り込んだ。

「多聞さん、晋作、木村、三人で手分けして御扶持召放しに処せられた小身旗本たちの探索、さらに詳しく調べ上げてくれ。それと、仁七、御扶持召放しされた小身旗本たちが、切米《きりまい》を金に換えていた札差《ふださし》がどこの誰か、探索を急いでいただきたい、と長谷川様につたえてくれ」

「わかりやした」

「多聞さん、御扶持召放しに処せられた小身旗本たちの姓名を書き出し、仁七に預けてくだされ」

「承知つかまつった。御頭は、いつ出立《しゅったつ》なさいまする」

「用意が調《ととの》い次第、出立いたす。木村、晋作、おれの留守中は多聞さんが御頭がわりだ。仁七、このこと、おまえも心得ていてくれ」

「できればあっしもご一緒したいくらいで」

「血が騒ぐか。因果な性分《しょうぶん》だな」

「因果な性分で」

「ならば、もう一つ頼みごとがある。寺島村に所在する覚念寺のこと、調べ上げてくれ。できうるかぎりでよい。決して無理はするなよ」

「お帰りになるまで、とことん調べ上げておきまさあ」

仁七は、それが癖の、唇を歪《ゆが》めただけの、笑みともとれる面付《かおつき》を見せた。

半刻（一時間）後、蔵人は貞岸寺を出た。御蔵前へぬけ、神田川沿いにすすんで湯島聖堂の手前を右へ曲がって追分元丁を左へゆけば、中山道は板橋宿へ一本道となる。

蔵人は、さらに勢いを増して、行手を阻《はば》むかのごとく降り注ぐ雪へ向かって、一歩一歩、たしかな歩みをすすめていった。

二

松岡太三と柴田源之進は中山道は熊ヶ谷宿にいた。もともとの予定では立ち寄るつもりのなかった熊ヶ谷であった。

熊ヶ谷まで足をのばしたのは、松岡が剣を学んだ、鹿島神道流の諸岡《もろおか》道場の同門で百石取りの旗本、磯部喜平次《いそべきへいじ》の姿を、たまたま中山道の佐谷田八丁《さやだはっちょう》で見かけたからである。

磯部は目付配下の小人目付組下の者であった。修験者《しゆげんじや》に変装した磯部が、数人の者とともに中山道を江戸から下ってくるのに出くわしたのだ。同じ修験者の姿でいるからには、同行の者どもも小人目付の変装姿であることは明白であった。

(何かある)

松岡と柴田はそう推定し、磯部一行の後を尾《つ》けた。

佐谷田八丁一帯には、御扶持召放しの憂《う》き目をみた者たちの知行地も、数多く点在していた。

松岡たちは、当初、佐谷田八丁付近を探索の目的地としていた。が、水野監物らの謀略の証を見出せぬまま、無為に時だけが流れていた。

そこへ現れたのが磯部であった。松岡たちにとって、磯部喜平次との出会いは、まさしく、青天《せいてん》の霹靂《へきれき》、というべきことであった。

熊ヶ谷には、鎌倉時代、源氏と平氏が雌雄を決した一ノ谷の合戦で、平敦盛《あつもり》を討ち取った源氏の武者、熊谷次郎直実《くまがいじろうなおざね》が、戦《いくさ》に明け暮れる武家の暮らしに無常を感じて出家し、蓮生坊《れんせいぼう》と名乗って修行をつづけた後、創建した蓮生山熊谷寺《れんしょうざんゆうこくじ》があった。

物見遊山の旅なら、熊谷次郎直実の墓がある熊谷寺に立ち寄るのもわからぬではないが、密かな任務についているとおもわれる磯部たちは、脇目もふらずに熊谷寺総門へ入っていった。松岡と柴田は、その動きに腑《ふ》に落ちぬものを感じていた。

「磯部ら小人目付ども、修験者などに変装しての隠密旅、何かの探索事に違いないとふんでいたが、この熊谷寺に何があるというのだ」

総門に連なる木立のなかに身を潜《ひそ》めた、柴田の呟《つぶや》きに傍《かたわ》らの松岡が、

「誰ぞと待ち合わせをしているということはないのか。この熊谷寺は寺領三十石。寺宝として『東照宮御自筆の書』が残されているほど、幕府《おかみ》とは縁故の深い寺だ。幕府の御用に、何かと利用されていてもおかしくはない。小人目付ども、いずれは出てくるであろう。交代で見張るしかない」

「裏門がある。二手に分かれて見張った方がいいのではないか」

「二手に分かれたとき、どうやって連絡を取り合うのだ。御頭は常に二人一組で行動をとれ、といわれた。この場で見張るべきだ」

「もし、裏門から出られたらどうする？」

「諦めるしかない。連絡がとれなくなり、互いにはぐれて、互いを捜しあう、無様な仕儀になるよりは、ましだ」

「しかし」

と、いうなり柴田は、黙り込んだ。今回の、探索の旅に出て知ったことだが、松岡は、一度言い出したら、梃子《てこ》でも引かぬ頑固さを持ち合わせていた。げんに今も、柴田を見向こうともせず、熊谷寺の総門を凝視している。柴田の感情《こころ》の動きなど、まったく頓着しなかった。

中山道で磯部を偶然見かけたときも、そうであった。はかどらぬ探索の旅に疲れ果て、佐谷田八丁の、中山道沿いの杉の大木の根元に座って一休みし、竹筒の水を呑んでいた柴田の耳に、突然、松岡の呟きが飛び込んできた。

「間違いない。磯部喜平次だ。小人目付の磯部が、なぜ、こんなところに」

「小人目付だと？」

「江戸の方角からやってくる修験者の一行がいる。その先頭に立っている男が小人目付、磯部喜平次だ」

「小人目付が修験者の形《なり》をしていると？」

見極めようと顔を向けた柴田を松岡が叱りつけた。

「見るな。気取られたらどうする。木の幹にもたれて道から顔を背《そむ》け、居眠りをしたふりをしろ」

有無を言わせぬ松岡の口調に、柴田は、口をつぐみ、道に背を向け、木の幹に肩をもたれかけて一休みの態《てい》をよそおった。

(おもえば、あれが松岡の、頑固な物言いの始まりだった)

だからといって柴田は、松岡を嫌っているわけではなかった。裏火盗は御頭、結城蔵人以下わずか六名の蔭の組織である。些細《ささい》な諍《いさか》いごとが大きな破滅を招き兼ねないことを、柴田は十二分にわきまえていた。

行き過ぎた磯部らを見据えながら松岡は、

「後を尾け、磯部ら小人目付どもが何をなすかを見極めよう」

といい出した。

「とりあえず江戸へ戻り、御頭に探索の結果を復申《ふくしん》し、指示を仰《あお》ぐべきではないか」

そう説得する柴田に、松岡は言い募った。

「もし、もしもだ。磯部らの任務が我々の探索と繋がりがあったらどうする？ みすみす重要な手掛かりを逸することになるのだぞ。磯部ら小人目付どもを尾行すべきだ」

松岡の黒目が、浮き上がって見えた。

（狐《きつね》に憑《つ》かれた者を見たことはないが、こんな顔付きをしているのではなかろうか）

柴田の脳裡を、そんなおもいがかすめた。

結句、柴田は、鸚鵡《おうむ》のように同じ言葉を繰り返す、松岡の執拗さに負けた。

いま、柴田は、松岡とともに熊谷寺の総門を見張っている。

（御頭は、我々の行動をどうみられるだろうか。磯部喜平次ら小人目付どもの探索の目的が、我々の追い求めるものとまったく無関係のものだったら、我々の動きはただ無為に時を過ごしているだけのことになる。このままでいいのか）

柴田は、胸中で己に問いかけていた。

答は、否《いな》、であった。

（このまま江戸へ駈け戻って、御頭に復申すべきだ）

が、柴田は、胸中の思考を封じ込めた。

（ひょっとして松岡の判断が、的を射ているかもしれぬ）

とも、おもうのだ。

（結局、おれは、いつもこうなのだ。何事に対しても逡巡しつづけ、いつのまにか、流れのままに漂っている）

柴田は、ふうっ、と溜息《ためいき》を洩らした。込み上げてきた苦いおもいを、すべて吐き出したいと願う気持《こころ》が無意識にさせた行為だった。

北風が、木々にしがみつくように残っていた枯葉を烈《はげ》しく吹き散らし、宙へ舞わせた。

空は、鏡にうつした氷のごとく、冷たく凍えて熊谷寺の上空を覆っていた。

爪先から冷気が体内に忍び入ってくる。柴田は、おもわず手で足を揉んだ。揉んでいる手の指先からも、寒気が容赦なく攻め込んでくる。

柴田は、両の手を擦《こす》り合わせた。

ふと見ると、松岡も同じ仕草を繰り返していた。

垂れ籠《こ》める雲の間を縫いながら、遠慮がちに存在を示していた短い冬の陽が、西方の山蔭へ落ちるべくその動きを早めていた。

「出てきた」

松岡の声に、柴田は顔を上げた。

柴田の目に、編笠を手にした、武士の姿にもどった磯部を先頭に出てくる数人の集団が飛び込んできた。その集団の真ん中に、磯部たちに護衛されている長身の武士がいた。遠目からも着物の下の筋骨の逞《たく》ましさが見て取れるその武士の、濃い眉の下の落ち窪んだ切れ長の目の奥に、猛禽《もうきん》の残忍さをおもわせる凍えきったものがあるのを、柴田は見逃さなかった。小人目付たちは万全の旅装を調え、足回りを固めている。

「小人目付ども、あの長身の武士と落ち合う約束ができていたとみえる。修験者の変装を解き、本来の武士の姿にもどった小人目付どもの隊列の配置から見て、彼らの頭かもしれぬな」

「松岡さんは、あの長身の武士を知っているのか」

「知らぬ」

ぶっきらぼうにいって松岡が柴田を見返った。

「つけるぞ」

松岡は、柴田の諾否も確かめぬ間に、立ち上がっていた。

(仕方ない。この場は松岡とともに行くしかあるまい。的をはずしたときは御頭のお叱りを受ける。その覚悟だけを決めておけばよい)

柴田は、己にそう言い聞かせ、すでに数歩先にいる松岡の後を追うべく、立ち上がった。

長身の武士が何かいうたびに、磯部らは立ち止まり、周囲の景色を確かめ合っては指示を受け、さらにすすんで、また立ち止まるという同じ動きを数度にわたって繰り返した。一行は、下石原を通り過ぎ、左へゆくと［ちゝぶ道］との道標を横目に見て、上石原へ向かって歩いていった。

松岡と柴田は、見失わないほどの距離をおいて、磯部たちの後を追っていた。

「このあたりには小身旗本たちの知行地が点在している。磯部らの探索の目的、存外、我々の探索の目的と重なり合うかもしれぬぞ」

松岡の言葉に、柴田は黙って頷いた。

（松岡が思い込み、意外と的を射ているかもしれぬ）

柴田は、そうもおもい始めていた。

三

その夜、長身の武士と小人目付らの一行は上石原の豪農の屋敷に宿泊した。

松岡と柴田は、ほとほと困りはてた。上石原と隣り村の新島《にいじま》は、大里郡《おおさとごおり》と播羅《はたら》郡の境に位置し、草深い田舎という言葉がそのまま当てはまる一帯であった。

「野宿するしかないか」

途方に暮れた柴田に松岡が、

「この寒さだ。凍え死ぬぞ。熊ヶ谷へ引き返すか、それとも、どこぞの百姓家の納屋《なや》にでも転がり込むか、だ」

「熊ヶ谷へ引き返したら明朝早く上石原まで戻って来なければならぬ。無駄なことだ。百姓家を探し出し、一夜の宿を頼み込んで、納屋の隅にでも泊まらせてもらおう」

柴田も必死だった。上石原の寒さは江戸の比ではなかった。動いているときは、まだいい。動きを止めたら、水面《みなも》に氷が張りつめた沼にでも沈められたような、体の奥底まで侵蝕してくる寒さであった。

この時ばかりは松岡より柴田の方が積極的に動き回った。百姓家を見つけては、かたっぱしから交渉し、四軒目の年寄り夫婦がひっそりと暮らす百姓家の納屋に泊まり込むことができた。

翌日暁《あかつき》七つ（午前四時）、受け取りを頑なに拒む老婆《ろうば》の手にわずかな心付けを握らせた柴田は、松岡とともに磯部らが宿とした豪農の家へ向かった。

そのときであった。数歩先も見えぬほど深く立ち籠《こ》めた朝靄《あさもや》のなかから、中山道を下ってきた深編笠をかぶった筒袖《つつそで》、軽衫袴《かるさんばかま》姿の、漂泊の武芸者とおぼしき浪人者が、忽然《こつぜん》と姿を現した。

松岡と柴田は、凝然と立ちすくんだ。武芸者然としたその姿に見覚えがあった。しかし、松岡らが見知るその人は、その場に現れるはずのない、遠く離れた江戸の地にいるべき人であった。

その浪人も柴田たちに気づいたらしく、立ち止まり、相手を見極めようとして、深編笠の端を持ち上げた。

その深編笠の下から微《かす》かにのぞいた顔は、まさしく、結城蔵人のものであった。

蔵人は江戸を出立《しゅったつ》した後、夜を徹して一昼夜歩き通し、昨日暮六つ（午後六時）に熊ヶ谷宿に着いた。疲れも癒《い》えた夜八つ（午前二時）に宿を出た蔵人は霜《しも》を踏みしめて、上石原の村落へ差しかかったところであった。

「御頭」

「御頭は、なぜ、こちらへ」

松岡も柴田も、おもわず蔵人に駈けよっていた。

「おお、松岡、柴田。やはり、おぬしらも、上石原まで足をのばしておったか」

蔵人の言葉に松岡が反応した。

「御頭。やはり、とおっしゃいますと我らが動きを察知し得る、何らかの異変が起きたのでございますか」

「それより、もともとの探索の地、佐谷田八丁を離れた経緯《ゆくたて》を聞きたい。なぜ、初めの予定を変更し、上石原へ足をのばしたのだ。勝手な行動は許さぬ」

　蔵人が、厳しくいい放った。

「そ、それは」

　松岡が、ちらり、と柴田を見やった。明らかに助けを求めていた。

「いや、それは佐谷田八丁にて何の手掛かりも得られなかったからでござる」

　柴田が、松岡が佐谷田八丁で鹿島神道流諸岡道場で同門だった、修験者《しゆげんじや》に変装した小人目付磯部喜平次を見かけたこと、小人目付らが蓮生山熊谷寺で変装を解き、武士の姿に立ち戻って、長身の侍と合流してこの上石原まで足をのばし、豪農の屋敷に一夜の宿をとったことなどを、手短かに話した。

「その長身の武士は、目付の斎藤主膳だろう。そやつらの動きを探るのが先だ。斎藤たちが宿泊した豪農の屋敷へ案内してくれ。道々、事の成り行きを説明しよう」

　松岡と柴田に先導させながら、蔵人は、上石原まで出張《でば》ってきた原因となった鈴木兵庫介のこと、鈴木兵庫介の知行地が武州東方にあること、鈴木兵庫介の若党、高木藤太郎が行く方知れずになっていること、その高木藤太郎を追って旅立ったとおもわれる斎藤主膳のことを話して聞かせた。

「斎藤主膳とは愛宕下《あたごした》の柳生道場で四天王と評される、あの剣術自慢の、斎藤殿のことでござるか」

松岡の問いかけに蔵人が、

「その、愛宕下の柳生道場四天王のひとり斎藤主膳が、此度《こたび》の我々の相手だ」

うむ、と松岡が唸《うな》った。柴田の顔も心なしか引きつって見える。

ややあって、松岡が、

「それで、御頭は我らが後を追って来られたのか」

「それだけではない。高木藤太郎は、鈴木兵庫介殿の命を受け、密かに御扶持召放しに処せられた旗本小普請組、三枝慈三郎殿の知行地のことを探索していたふしがある」

「三枝慈三郎殿のこと、拙者《せっしゃ》、調べ申した。知行地はたしか、武州玉井、玉井窪《くぼ》川越場《かわごしば》近くにあったはず」

柴田が記憶の糸を手繰《たぐ》った。

武州玉井とは、上石原から中山道を下れば、久保嶋《くぼじま》、玉井へと連なる、まさに間近なところに位置する村落であった。

「それだ。柴田、三枝殿が御扶持召放しの憂《う》き目にあったはいつのことだ？」

柴田には不思議な能力があった。一度話しあったこと、調べ上げたことなど己が一度体験したことについては何事もよく記憶しているのだ。天性備わっている能力というか、蔵人は、柴田との付き合いが始まってまもなくその卓抜した記憶力に気づき、探索の結果知り得た事柄を憶えておくよう指示していた。

「たしか一年と三カ月ほど前のことと記憶しておりますが」

「まず間違いあるまい。すでに年貢の取立てが一度行われておる。高木藤太郎は、そのやり方に疑惑ありと睨んで、探索をつづけていたのだ」

「そして、不正の証拠を摑んだ」

松岡が、断じた。

「仔細《しさい》のほどはわからぬ。ただ水野監物が片腕と頼む斎藤主膳が、秘かに江戸を出立し、この上石原に探索の拠点を置いた」

「ならば斎藤主膳らが宿泊した豪農の屋敷は、御用の筋を務める者の家ということに」

松岡の言葉に蔵人が頷いた。

「多分」

「着き申した。あの屋敷が、斎藤主膳一行が一夜の宿を取ったところでござる」

柴田が指さした先に、こんもりと繁る林を背に、豪壮な建家が聳《そび》えていた。

「そこの灌木《かんぼく》の蔭に身を隠そう。斎藤主膳たちが動き始めた」

蔵人は灌木の蔭に身を潜《ひそ》めた。松岡も、柴田もそれにならう。

折しも、豪農の両開きの表門が開き、主人とおぼしき中年の男や数人の下働きの男たちに案内された斎藤主膳や小人目付の一行が、出立していくところであった。

「あの様子では、高木藤太郎の所在、すでに突き止められているとみた。斎藤め、高木を討ち果たし、証拠の品を奪い取る所存であろう。命のやり取りになろうぞ」

蔵人の言葉に、松岡と柴田が唇を真一文字に結んだ。

四

道案内をする、手甲《てっこう》、股引掛《ももひきがけ》に脚絆《きゃはん》をつけ、尻《しり》っ端《ぱしょ》折りした羽織姿の、豪農屋敷の主人とおぼしき男の腰には、これみよがしに十手が差してあった。男の手下どもも腰に十手を差している。御上の御用を務める目明かしであることをあからさまに見せつけているその男どもの、酒焼けした凶悪な悪党面《づら》から判断して、日頃は横暴極まる所業を積み重ねているのだろう。目明かしどもは、自信たっぷりの足取りで、斎藤たちを先導して中山道を下っていった。

蔵人と松岡、柴田の三人の動きは濃い朝靄《あさもや》に助けられて、前方を行く集団の追尾にさほどの苦労はいらなかった。

が、上石原を抜け新島へ入ったあたりから、朝靄は次第に薄らいでいき、あからさまに姿を曝《さら》さざるを得なくなった。

蔵人たちの尾行は困難を極めた。道に沿って生い茂る木々の蔭に身を隠しながらつけていく。ほかに手立てはなかった。

久保嶋を過ぎても、その状況は変わらなかった。が、玉井へ入ると事態は一変した。斎藤たちは玉井へ入ってまもなく、中山道を外れて右折し、山間《やまあい》の獣道《けものみち》へ分け入っていった。

人一人通るのがやっとの獣道が、原生する木々の間を縫って、うねうねとつづいていく。目明かしどもの道慣れた歩きぶりに、斎藤たちがついて行けないのか、先を行く目明かしどもは何度も立ち止まり、振り返って斎藤たちを待った。合流してふたたび歩き出す。同じことが何度も繰り返された。

山道を歩き慣れぬのは蔵人たちも同様であった。日々、胴田貫を打ち振って鍛錬を怠《おこた》らぬ蔵人はともかく、探索の旅に出て、修練から遠ざかっている松岡や柴田の息は、傍目《はため》から見ても、明らかに上がっていた。が、小人目付たちの動きも似たようなものだった。

「柳生四天王の誉れが高い斎藤主膳も、この山道には、さすがにまいっているようですな。磯部ら小人目付どもと同様、目明かしたちの慣れた動きには、ついて行けない様子」

松岡が白い息を吐きながら話しかけてきた。

「そう見えるか」

「では、御頭は斎藤の様子は常と変わらぬと」

松岡が不満げに鼻を鳴らした。

蔵人は、苦い笑いを浮かべただけで、斎藤に視線を注いだ。

六尺豊かな長身の斎藤は配下の小人目付たちに混じると、頭一つとまではいかなくとも、その表情を読みとることができうる顔の半分ほどは突出していた。

斎藤は山道に入る前も今も、少しも変わっていなかった。わずかの息も上がっていないのを、蔵人は驚異をもって見つめつづけていた。

（並み外れた鍛錬、修行を重ねてきたに違いない）

と推断していた。

蔵人は思考しつづける。

（斎藤は、長谷川様がおっしゃっていた策略好きの、持って生まれた資質にくわえて、これと目的を定めたら、その目的を果たすためにはいかなる努力も惜しまない粘り強さを備え持っていることになる。粘り強さは執念深さにも通じる）

と、なれば……、

（執念深く、謀略好きの斎藤主膳。敵にまわせば厄介極まる奴。あ奴めが振るう剣は、鍛えた技に準備万端組み立てた策略がくわわるは必定《ひつじょう》。奴の術中に落ちたら、まず勝ち目はあるまい。奴を倒さねば、いまの任務は果たせぬ。勝つしかな

い。勝たねば、己の命がなくなる)

一度は失った命であった。が、一度死と向かい合った今、蔵人には、かつて覚えたことのない、強い生への執着が生まれていた。

(何がなんでも勝つ。そのためには)

脳裡に、ひとつの光景が浮かび上がった。

蔵人は、貞岸寺裏の、蔵人の家の濡れ縁に座っていた。目の前に一面の雪景色がひろがっている。蔵人が、雁金の仁七の復申《ふくしん》を待っていたときの風景であった。

(あのとき、おれは鞍馬古流の師、有堂孤舟斎先生の言葉を嚙みしめ、斎藤主膳との勝負にたいするひとつの結論を得たではないか。『所詮《しょせん》、戦いの方策は、その場の成り行きでしか、決まらぬ』との結論を)

蔵人は、ふっ、と軽く、息を吐いた。その吐息が、張りつめていた気勢を、一気に吹き払った。

「我、常に桶狭間《おけはざま》にあり、か」

おもわず発した蔵人の言葉を柴田が耳に留めた。

「桶狭間? 桶狭間とは、戦国の勇将織田信長が優位の軍勢を擁する今川義元を奇襲攻撃で撃ち破った、あの桶狭間のことでござるか。その桶狭間が、今の我々に何のかかわりが」

「特にない。ただ、桶狭間の故事を、ふとおもい出しただけだ」

蔵人は、それきり口を閉じた。

まだ、峻険《しゅんけん》の地の尾行はつづいている。獣道とはいえ、道らしき道を歩いている斎藤たちは、まだ、いい。密かに追尾する蔵人たちには道などなかった。木々の間を抜け、行手を阻《はば》む小枝や蔓《つる》を、音を立てぬよう気配りしながら避《よ》けた。時には、我が身が傷つくとわかりながらも、折れて先の尖った枝々をすり抜けてすすむしか手はなかった。

一刻（二時間）ほど経っただろうか。それまで登る一方だった獣道が、にわかに下り坂となり、少し行くと、山間の、一跳びで渡りきれるほどの幅の細流が、見え隠れしてきた。

樵《きこり》や猟師たちのための小屋か、丸太を組み合わせて隙間《すきま》に板を打ちつけただけの粗末な小屋が建てられていた。小屋は、増水したときに備えてか、細流沿いの岩場から連なるわずかな草地の、流れからは離れたところに位置していた。

目明かしどもに先導された斎藤と小人目付たちは、その小屋の対岸に降り立っていた。

「高木藤太郎が潜《ひそ》んでいるところは、どうやらあの小屋らしいな」

少し離れた木々の間から窺い見て、蔵人がいった。

「如何様《いかさま》。幸いにも、敵の背後から斬り込むにはもってこいの陣取りとなっております。奇襲をかければ討ち取れぬ人数ではありますまい。高木の救出、決して難しいことではありませぬ」

松岡が蔵人の返答を待たずに刀の鯉口《こいぐち》を切った。柴田が無言で松岡の動きにならった。

視線を、斎藤らの動きに注いだまま、蔵人が重く告げた。

「我らが任務。高木の命を救うことではない」

「なんと？」

「まさか御頭は高木を見殺しにするおつもりでは」

松岡と柴田が、ほとんど同時に訊いてきた。

「何とも言えぬ。ただはっきりしていることは、水野や配下の斎藤たちが、小身旗本にたいして仕掛けている御扶持召放しの謀略の証拠となる品を、この手に摑み取ることが任務の最たるものと心得ている。おれは、いまは、そのことしか考えぬ」

松岡と柴田は、言葉を発しようとはしなかった。ただ、その面に現れた動きから見て、己に与えられた任務の何たるかを、あらためておもい知らされ、常に死と背中合わせの立場にあることを感じ取っていることは確かであった。

「桶狭間か」

ぼそりと、柴田が呟《つぶや》いた。

蔵人は、斎藤の動きだけに目を注いでいた。

小川を渡った斎藤たちは、姿勢を低くし、峻険な山影に貼り付いて建つ粗末な小屋を、三方から包囲するように迫っていった。

細流は、そんな主膳らの動きに関わりなく、せせらぎの調べを詩《うた》いあげている。

すべてが、静謐《せいひつ》のなかにあった。

五

下っ引きが小屋の戸の両脇に貼りついた。斎藤は、もはや、姿を隠そうとはしていなかった。小屋の正面に仁王立ちし、包囲をせばめる小人目付たちの動きに目を光らせている。

蔵人たちは細流の間近に迫っていた。小人目付たちの、緊迫した息づかいが感じられる。

包囲の輪は、斎藤の下知が飛べば、ひとっ跳びに小屋へ突入できるまでに縮まっていた。

「いつでも斬り込める態勢をとれ」

蔵人が、小声で命じた。

松岡が、柴田が、袴《はかま》の股立《ももだち》を取った。刀の鯉口はすでに切ってある。

蔵人も、死地に赴《おもむ》いているという切迫感にとらえられていた。

不思議なのは、蔵人が二十歳《はたち》になったときに病歿《びょうぼつ》した母志乃《しの》の、とかく悪戯《いたずら》がすぎる蔵人を叱りつけるときの悲しげな顔が、突然おもい出されたことであった。

母だけではない。つづけて父、左門《さもん》の、厳格な顔が浮かびあがった。

蔵人は、四歳年上の姉、雅世《まさよ》と二人姉弟であった。雅世は、悪戯をしては母から よく叱られる蔵人を慰め、力づけてくれる優しい姉であった。その雅世も、不安げな面差《おもざ》しを蔵人に向けている。

雅世が御書院番番士大石半太夫《はんだゆう》に嫁いで生《な》した二男、武次郎《たけじろう》が、老中松平定信、火付盗賊改方長官長谷川平蔵の尽力により、本来、御扶持召放しに処せられてもおかしくない結城家の家督を継いでいる。

一瞬――。

蔵人の濃い眉の下の、奥二重の、切れ長で涼やかな眼眸《がんぼう》が細められた。日頃は優しげで、むしろ男としては甘やいで見えるその眼に、厳しい光が宿っている。

その視線の先には、斎藤がいた。

細流は、まもなく起きるであろう惨劇に息を潜《ひそ》め、吹き荒れる風の気まぐれな動きが、木々の枝々を揺らしてざわめかせた。

突然、中から小屋の戸が開けられ、刀を抜きはなった武士が飛び出してきた。血走った眼、青ざめた形相《ぎょうそう》が高木藤太郎の追いつめられた状況を物語っていた。

が、窮鼠《きゅうそ》猫を嚙む、の譬《たと》えにもあるように、高木の動きは素早かった。飛び出すや一方の下っ引きの喉笛に刀を突き入れた。もう一人の下っ引きに、引き抜きざまの血刀を突きつける。背後に回って首に手を巻きつけ、締めあげながら吠えた。

「寄るな。近寄ったら、この男を殺す」

「死にたくねえ。死にたくねえよう！」

人質に取られた下っ引きが、凶悪な顔付きに似ぬ悲鳴をあげ喚《わめ》き散らした。

目明かしも、小人目付たちも、予測もしなかった高木の攻勢に、愕然《がくぜん》と立ち竦《すく》んだ。

動いているのは高木だけであった。下っ引きを盾《たて》にとった高木は、じりじりと細流へ向かって後ずさった。

高木の背には、風呂敷に包んだ四角い箱状のものが、肩口から斜めに括《くく》りつけられていた。

背後から様子を窺う蔵人たちには、高木の背で揺れる四角い箱の形状が、風呂敷ごしに浮かびあがって、はっきりと見えた。

「高木藤太郎の背中の荷、何と見る」

蔵人が問いかけた。

「木箱でございましょう。しかし、なにゆえ木箱などを」

首をかしげる松岡を横目に見て、

「もしかしたら、検見桝《けみます》ではないかと……」

と、柴田が自信なさげに呟《つぶや》いた。

「検見桝、となた」

目をこらした蔵人が、うむ、と唸《うな》った。

「検見桝に間違いあるまい。定めとは違う形の検見桝なら、水野監物らの謀略の証拠となりうる」

高木は警戒の視線を走らせつつ、細流に片足を下ろした。磯部ら小人目付たちは刀を抜き連れて、隙あらば斬りかからんと数尺の距離を保って迫って来る。斎藤は刀を抜いていなかった。相変わらず小人目付たちの背後に立ち、冷えた目で高木を見据えている。

高木は細流に両足を沈めた。下っ引きの首に回した手に力を込め、細流へ引きずりこんだ。

喉元に刀を突きつけられた下っ引きに、抵抗する気力は失《う》せていた。高木のなすがままに細流に片足を入れ、つづいて一方の足も差し入れた。

高木は一歩、後ずさった。小人目付たちも一歩すすむ。ただひとつだけ変化した様相があった。刀を抜き放った斎藤が、つかつかと包囲の輪から歩み出てきたのである。

「来るな。近寄るとこの男を殺す！」

「来ないでくれ！　死にたくねえ！」

高木の怒声に下っ引きの喚き声が重なった。

斎藤は、右手にだらりと刀をぶらさげたまま歩み寄っていく。屋敷の近くへ散歩にでも出かけるような、気軽な足取りであった。斎藤の面には、何の感情も浮かんでいなかった。

小人目付たちは斎藤の動きの意味が摑み得ぬのか、呆然《ぼうぜん》と立ちつくしている。いつしか斎藤は、高木まで数歩の距離に迫っていた。

「それ以上近寄ると、こ奴を殺す！」

高木は刃《やいば》を下っ引きの喉に当てた。傷ついたのか、下っ引きの喉から血が滲み出て、つたって流れた。

「助けてくれ」

下っ引きがもがいた。

「ほんとに、殺す！」

高木が叫んだ。声がうわずっている。

斎藤が、一歩足を踏み出した。

「かまわぬ。殺せ」

「こ、殺すぞ」

高木の顔が、言いしれぬ恐怖で引きつっていた。

「殺せといっておるではないか」

斎藤はさらに一歩近づく。

「こ、殺す」

高木藤太郎は刀を持つ手に力を込めた。足を踏ん張り、刀を下っ引きに突き立てようとした。

「いやだ。死にたくねえ」

下っ引きが必死になって高木の腕に爪を立てた。

痛みに呻いた高木にわずかばかりの隙が生じた。その虚を、斎藤は見逃さなかった。踏み込むなり、無造作に刀を突きだした。

刀は下っ引きの胸板から、高木の胸元をも貫いて、切っ先は背中から突き出た。

断末魔の呻きを発しながら、高木は死力を振り絞った。風呂敷の結び目を解き、背中の荷を天高く放り投げた。

「行くぞ！」

吠えて、蔵人が抜刀し躍り出た。松岡と柴田も、刀を抜き連れて飛び出す。

荷は、空高く舞っていた。風呂敷がほどけて、検見桝と縺《もつ》れながら落下してくる。

松岡が手を伸ばして、検見桝を受け取ろうと身構えた。

その頭上で、一条の閃光が走った。検見桝は二つに断ち斬られて、競うように落ちてくる。

検見桝を両断した光は、そのまま松岡の頭頂に迫った。急降下する光が太刀の刃文《はもん》だと悟ったとき、松岡は死を覚悟して、観念の眼を閉じた。

刀は松岡の脳天を断ち割るはずであった。が、頭上で金属がぶつかり合う衝撃音が響くや、飛び退《すさ》る二つの足音が松岡の耳をうった。

松岡の見開いた眼に、対峙する、切っ先が地を摺《す》るほど低く下段に構えた蔵人と、大上段に振りかぶった斎藤の姿が飛び込んできた。

六尺豊かな、筋骨逞《たくま》しい斎藤の体軀《たいく》に比べ、膝を折って構えた、中背の、鍛錬しているにもかかわらず着痩せして細身に見える蔵人の躰《からだ》は、いかにも貧弱で、頼りないものに見えた。

斎藤が、高木と下っ引きを貫いた刀を引き抜きざま宙へ飛んで、検見桝を斬り割り、その勢いにまかせて、松岡の頭頂に振り下ろした大刀を、間一髪、蔵人が跳ね上げたのだ。そう松岡が推察したとき、背後で柴田が叫んだ。

「御頭、検見桝の片割れを拾いましたぞ」

柴田が見事に半分に断ちきられた。検見枡を掲げて見せた。

ちらり、と視線を走らせた蔵人に向かって、裂帛《れっぱく》の気合いを発した斎藤が斬り込んだ。

斎藤が踏み出すと同時に、蔵人の躰はさらに深く沈んだ。切っ先が地に触れた瞬間、数個の小石が跳ね上がり、礫《つぶて》となって斎藤の顔面を襲った。

石礫《いしつぶて》と化した小石を、斎藤が打ち払う。

「逃げるぞ」

一声かけるや、蔵人は踵《きびす》を返し、小川を一跳びして、向こう岸へ渡った。松岡と柴田はすでに細流を渡り、背中を向けて、山道を逃げ走っている。

事態のあまりの急転に、呆然自失の態《てい》にあった小人目付たちは、我に還って蔵人たちの後を追った。

と、くるりと向き直った蔵人が、いきなり空へ飛んだ。飛び上がりざま、道の傍らに繁る木の枝を断ちきる。蔵人は、道端の左右に立ち並ぶ木々の枝々を、後退りながら斬り落としていった。

地に落ちた枝々は、獣道に折り重なるように連なり、追いすがる小人目付たちの行く手を塞《ふさ》いだ。

「おのれ、逃がすか」

小人目付たちが転がる枝々に群がり、持ち上げてどけようとした。焦っているのか、上手く作業がはかどらない。

「追っても無駄だ。追いすがれば、あ奴は再び枝を断ち斬って道を遮る。ゆっくりとやれ」

斎藤は懐紙を取りだし、血まみれとなった刀身をゆっくりと拭った。

第五章　策《さく》　動《どう》

一

神田川が、冬の陽を浴びて、澄んだ水面《みなも》を誇らしげに煌《きら》めかせている。

水月の、神田川に面した二階の座敷では二人の男が火鉢に手をかざしていた。

長谷川平蔵と蔵人であった。二人の間には、断ち斬られた検見枡が置かれている。

武州玉井村山中での剣戟《けんげき》から、数日が経過していた。

「そうか。高木藤太郎は斎藤主膳の手にかかり、果てたか」

「高木を無理に救出しようとすれば我ら全員が斬り死にするやもしれず、見殺しにするしかなく」

「証拠、手掛かりを得ることを選んだか。高木の死、犬死にに終わらせてはならぬ。重荷を背負うたな、蔵人」

蔵人は、黙して、目を閉じた。平蔵には、蔵人が、高木に対して黙禱《もくとう》し、深く詫びているかのごとく、感じられた。

ややあって――。

蔵人は、重たげに口を開いた。

「高木が死守せし、水野監物らの謀略の証拠とも成りうる検見枡、両断されたとはいえ、手掛かりを数々残しております」

平蔵は検見枡を手に取って、しげしげと見入った。

「この検見枡、公儀《おかみ》が定める検見枡より大きいと見たが」

「お気づきでございますか。私共が計りましたところ、定めの一倍半の大きさに造られており申した」

「一倍半か。定めより増した年貢取立分は水野監物一味のものになるよう仕組まれているわけだな」

「おそらく」

あらためて検見枡を眺めていた平蔵が、

「水野監物めが仕掛ける小身旗本たちへの御扶持召放しの陥穽《かんせい》、水野が企《たく》みおる策謀の手始めであろう。その目的が那辺《なへん》にあるか、まだわからぬ」

「水野監物、腹心の者とおもわれる斎藤主膳らが企《くわだ》てる御扶持召放しにかかわる謀略。覚念寺で行われる蓮華加持という、商人たちの武家世界に対する密やかな反逆ともとれる武士の妻女を弄《もてあそ》ぶ淫《みだ》らな催し。ひとつひとつ片付けていくしか手はありませぬ」

「その蓮華加持にかかわる札差《ふださし》は、大口屋徳蔵と申したな」

「大口屋徳蔵は蓮華加持に武家の妻女たちを送り込む役割を担っているとおもわれます」

「その大口屋、意外なところでその名が浮上しておる」

「意外なところ？」

「蔵人、そちから依頼のあった、御扶持召放しにあった小身旗本たちが切米《きりまい》を金に換えておった札差が誰か、判明したぞ。誰だとおもう？」

「まさか」

「そのまさかじゃ。大口屋がその札差じゃよ」

蔵人は口を噤《つぐ》んだ。大口屋徳蔵についての情報は、わずかしかなかった。札差であること。蓮華加持へ送り込む武家の妻女たちの斡旋役《あっせんやく》であること。御扶持召放しの憂《う》き目にあった、小身旗本たちの御扶持米を換金する札差であること。

大口屋徳蔵の出自《しゅつじ》がどこで、どうやって公儀御用の札差を勤めるようになったか、すべてを明らかにせねば、その実体の何たるかを解明できるはずがなかった。

裏火盗の一員に加わることなく、旗本宇津木多一郎の妻、縫との恋を貫き、心中同然に斬り死にした丹羽弥助の動きが、はからずも裏火盗が探索する御扶持召放しの策謀の一端を担う、大口屋の存在を浮かび上がらせたということに、蔵人は不思議な因縁を感じていた。

蔵人のおもいを引き継ぐかのように、平蔵が感慨深げにいった。

「そちのたっての頼みで、家禄を安堵した丹羽弥助の働き、十二分に裏火盗の探索の役に立ったな」

「大口屋と御扶持召放しされた小身旗本たちが繋がったとなると、水野監物と大口屋には、何らかの関わりがあると見るべきかと」

「わしが推理するに、御扶持召放しを仕掛ける小身旗本どもの名は大口屋より出たものかもしれぬぞ」

蔵人には、気がかりなことがもうひとつあった。大口屋が御扶持召放しにあった小身旗本たちだけでなく、覚念寺の住職、道心とも深くかかわっていることは明らかであった。蔵人は、道心の前身が定かではないことに不気味なものを感じていた。

（浪人者の死体を真崎稲荷近くに曝したとき、おれの尾行に気づいた雲水《うんすい》。ひょっとしたら道心だったかもしれぬ。だとすると、恐るべき奴）

平蔵は、蔵人の思考にまかせている。

廊下から、仁七が声をかけてきた。

「燗《かん》した酒は人肌、肴《さかな》の用意もできておりやす。いかがいたしやしょう」

すかさず、平蔵が応じた。

「運んでくれ。仁七、今夜はおまえも付き合うがよい」

燗した徳利が数本と仁七が包丁の腕を振るった肴が数皿、それぞれの前に置かれた脚付き膳の上にならんでいた。

うまそうに盃をほした平蔵が、仁七に、

「今夜の酒、燗の具合がわしの舌にぴったりだ。よく心得てくれたな」

「長谷川さまは、食道楽で、舌が肥えていらっしゃいますんでね。とくに気配りをいたしやした」

「こやつ、商い上手になりおって」

平蔵が、声を立てて、笑った。

微笑んだ仁七が、にわかに顔を引き締め、

「結城さま、実は覚念寺のことで、ちょいとお耳に入れたいことが」

「何か摑めたか」

蔵人は、手にした盃を、脚付き膳に置いた。

「実はあっしの昔の盗っ人仲間で碓井《うすい》の清吉《せいきち》って野郎が、覚念寺の納所《なっしょ》坊主になっておりやしてね」

「改心して仏門に入ったのではないか」

平蔵が口をはさんだ。

「ならいいんですが、碓井の清吉はそんな玉じゃねえんで。盗みに入った家で下働きの女は犯す、平気で人は殺すで、急ぎ盗み専門の荒くれなんでさあ。あっしが見るところ、奴は少しも変わってねえ」

「なぜわかる?」

蔵人の問いかけに、仁七は、おのれの目を指差した。

「目でさぁ。ちらちらと周囲をいつも警戒している盗《ぬす》っ人《と》の目。碓井の清吉はいまだにそんな目をしているんで」

「盗っ人の目か」

蔵人は、中天を見据えた。

「水野監物に斎藤主膳ら目付たち。札差、大口屋徳蔵。元盗っ人が納所坊主として住み込んでいる覚念寺の住職道心。はたして、どう繋がるのか」

平蔵が、軽く吐息を漏らした。

(厄介なことだ)

とのおもいがその吐息に込められていた。

「天網恢々疎《てんもうかいかいそ》にして洩らさず、と申します。いずれ、こ奴らは尻尾を出すはず。それも間近なうちに」

蔵人の言葉に平蔵が、苦く笑った。

「佃島の人足寄場の務めにわしの時間が割かれるようになれば、悪党どもの跳梁跋扈《ちょうりょうばつこ》は激しくなる。さすれば、間隙《かんげき》をぬって大口屋や道心も動き出すに違いない。そう睨んでいるのだな」

うなずいて、蔵人が訊いた。

「二日後には、人足寄場の仕事にとりかかられる手筈《てはず》ですね」

「そうだ。火付盗賊改方の探索が鈍くなることはたしかだ。手薄になったことに備えての裏火盗結成。頼りにしておるぞ、蔵人」

「命ある限り、死力を尽くしまする」

蔵人は平蔵を、凝然と見つめた。

二

二月二十日明六つ（午前六時）、長谷川平蔵は配下の与力一名と同心五名を引き連れ、三挺櫓《さんちょうろ》の猪牙舟《ちょきぶね》に乗って佃島の人足寄場へ向かった。

本湊町《ほんみなとちょう》に建ちならぶ町家の傍ら《かたわ》、揚場《あげば》を望む場所に、白い波頭が細やかに立ち上がる江戸湊《みなと》は佃の、海の風景を楽しんでいるかのように、のんびりとした風情で立つ、深編笠に着流しの浪人者がいた。着流した黒一色の着物が、傍目には痩せぎすに見える、その浪人によく似合っている。

浪人は、身じろぎひとつせず、深編笠の奥から佃島の人足寄場建設予定地へ向かって江戸湾を渡り行く、平蔵の一行を見送っていた。

平蔵を乗せた三挺櫓の猪牙舟が遠ざかる。浪人は深編笠の端に手をかけ、持ち上げた。深編笠から微《かす》かにのぞくその顔は、まぎれもなく結城蔵人であった。

蔵人は、筒袖《つつそで》の着物に軽衫袴《かるさんばかま》という武芸者然としたいでたちを、武州玉井村の剣戟《けんせき》で斎藤主膳らの前に曝《さら》していた。その蔵人が、敵の眼を紛《まぎ》らすために江戸御府内によくある形として選んだのが、着流しの浪人姿であった。

蔵人が本湊町の揚場にやってきたのには、二つの目的があった。一つは平蔵の新たな挑戦への旅立ちを見送るため。もう一つは、平蔵率いる火付盗賊改方の探索の力が手薄になるのにつけ込み、盗《ぬす》っ人《と》どもが暗躍を開始するは必定《ひつじょう》との見込みから、盗っ人や悪党どもの影を探し求めてきたのだった。

遥か対岸の東湊町二丁目、御船手《おふなて》屋敷近くの川辺に立つ、雲水《うんすい》の姿が見えた。

さらに、京橋川が大川へ流れ出る河口から南にできた細長い洲が、鉄砲に似ていたことから名付けられた鉄砲洲の北端にある、赤く塗られた板塀《いたべい》に囲まれた稲荷橋湊神社から本湊町へ少しいった岸辺に腰をおろし、釣り糸を垂れている二人の武士がいた。一見したところ、田舎者然としたあか抜けないそのいでたちから、国元から出てきたばかりの、江戸勤番の侍と見えた。

俗に湊稲荷と呼ばれる稲荷橋湊神社付近は、関西方面からの米、藍玉《あいだま》、酒などを回漕する、檜垣廻船《ひがきかいせん》や樽廻船などの大型船の荷を小型船に積み替える場所で、釣り糸を垂れるにふさわしい場所とも思えなかった。

この二人の武士の片割れは、姿形は変わってはいるが、小人目付の磯部に違いなかった。連れの武士も小人目付だろう。

蔵人は、雲水はおそらく覚念寺の者、と推断していた。

磯部と雲水が出張《でば》っているところから判断して、水野監物一派と覚念寺の一党は、人足寄場建設にかかわる平蔵の動向に、強い関心を持っていることがはっきりした。

蔵人は町家から離れて、江戸湊沿いの道を湊稲荷へ向かって、ゆっくりと歩いていった。江戸勤番の田舎侍に変装した磯部たちをやり過ごした蔵人は、湊稲荷の傍《かたわ》らにある、葦簀《よしず》張《ば》りの茶店の前で立ち止まった。

その姿を見て、さも待ち合わせていたかのように、茶店の中の、緋《ひ》毛氈《もうせん》をかけた縁台から立ち上がった職人風の男がいた。雁金の仁七であった。

茶店から出てきた仁七が腰を屈《かが》めて会釈し、蔵人とならんで立った。湊稲荷の赤塀の切れたあたりで、向こう岸が見渡せる場所であった。

「大川の対岸、御船手屋敷近くの川端に雲水が立っている。そやつの後を尾《つ》けてくれ」

「どこへ帰るか突き止める。それがあっしの仕事ですね」

応じた仁七に蔵人が告げた。

「突き止めるだけでよい。無理はするな」

「雲水が動きだしやした。あっしは、これで」

笑顔で軽く会釈し、仁七はすっと蔵人から離れた。知り合いが立ち話を終え、再会を約して、別れたとしか見えないさりげない動きであった。

雲水は、稲荷橋を渡り終え、右へ曲がって蔵人たちに背を向け、京橋川沿いの通りを真福寺橋《しんぷくじばし》へ向かって、悠然と歩き去っていく。

三

夜半から降り始めた雪は、明六つ（午前六時）には止《や》んでいた。

朝五つ（午前八時）、雁金の仁七は、数寸ほど積もった雪を踏みしめながら貞岸寺の総門をくぐり、境内を裏の離れへ向かって歩いていた。

蔵人が胴田貫を打ち振る鍛錬を行っているのか、風切音が響いてくる。が、盗っ人仲間の間では「耳の利く奴」で通っていた仁七の耳は、打ち振られる大刀の発する風切音にまじって、何かが斬り裂かれるような、異質な物音を、とらえていた。

仁七が近づいて来る気配を、とっくに気づいているはずの蔵人であった。蔵人が鍛錬を止めようとしないということは、仁七を仲間として認めたことを意味する。

仲間として認めていなければ、鍛錬を止め、警戒の態勢に入るのがふつうであった。

心にひろがった、ほの温かいおもいを噛みしめながら仁七は歩いていった。が、仁七の足取りは無意識のうちに早くなっていた。

(あの、斬り裂くような音がどうにも気にかかる)

である。

貞岸寺の本堂の脇を抜けると、裏手にちょっとした森が広がっている。春になれば枝々が新芽をつけ、やがて新緑の葉をつけ始めて、照りつける陽差しさえも遮《さえぎ》るほどに密集する木々も、冬の季節のいまは、隙間《すきま》だらけの有様であった。

やってきた仁七は、足を止め、おもわず息を呑んだ。

その場に張りつめた、蔵人の発する気が仁七にとらせた行為であった。

蔵人は、家の前にわずかに広がる庭で、裸足で雪を踏みしめ、低く下段に構えていた。

切っ先が積もった雪に触れんばかりに伸びている。武州玉井村山中で、斎藤と対決したときにとった構えと同じ形であった。が、そのことを、仁七は知らない。

一瞬――。

蔵人の躰《からだ》がわずかに沈んだ。下段から摺《す》りあげられた剣が逆袈裟《ぎゃくげさ》に走り、触れたか触れぬか分からぬほど微《かす》かに触れた切っ先によって削《そ》ぎとられ、跳ね上げられた雪の破片が一本の直線となって宙に飛んだ。

撥《はじ》け飛んだ雪が冬の陽を浴びて、七色の光と化して舞い上がり、束《つか》の間の虹となって消えた。

仁七は、削がれ、撥ね上げられた雪片と陽光のおりなす、この世のものとも思えぬ色絵の雅《みやび》を、身じろぎもせずに見つめていた。

蔵人の躰が低く沈むたびに雪片が撥け飛び、虹をかけては崩れ落ちる。

夜空に打ち上がり、一刹那煌《きら》めいては散っていく花火にも似た、削がれ飛ぶ雪の舞いを、舞いを生み出す蔵人の太刀の冴《さ》えを、いつまでも見つづけていたいとのおもいに、仁七はかられていた。

「仁七、待たせたな」

蔵人の声がかかった。

小半刻（三十分）後、稽古着を着替えて黒の着流し姿となった蔵人は、仁七と火鉢をはさんで話しあっていた。

怪我の癒《い》えた木村又次郎は花川戸町の長屋には戻らず、大林多聞のところに居《い》候《そうろう》として住みついていた。実体の見えない何者かに狙われている木村のことを考えると、独り暮らしをさせるよりも賢明な処置といえた。

いま、その木村は、真野晋作と交代で大口屋徳蔵の動向を探るべく出かけている。

その大口屋が公儀御用の札差となった経緯についての調べは、平蔵を通じて松平定信に依頼してあった。

「やはり、あの雲水の行く先は覚念寺であったか」

蔵人の言葉に仁七が、

「それも、寄り道ひとつせず、真っ直ぐに覚念寺へ戻りやしたんで。ただ、不思議なのは、あの雲水、あっしの尾行に気付いていたとしか思えないんで」

「なぜ分かる？」

「試しやした」

「試した？」

「あっしの歩き方を、少しずつ変えてみましたんで」

「歩き方を変えた？」

「人は背中には目がありやせん。背中の目とは、つまるところ、気配を感じる念力とでもいいやすか」

「気配を感じる念力か」

蔵人は、あらためて、仁七の顔をまじまじと見つめた。

(この男、どこで、このようなことを身につけたか。武芸を学べば、なかなかの者になったはず)

胸中で、そう呟《つぶや》いていた。

仁七は、雲水は南八丁堀の京橋川沿いの通りから、真福寺橋を渡って右へ折れ、柳橋の廣小路へ出て両国橋を渡った、と一気に話しつづけた。蔵人が遮る。

「待て。それでは覚念寺には遠回りではないか」

「そのとおりで。あの雲水の野郎。旦那とあっしがいる河岸《かし》の方へ、稲荷橋を渡って、わざわざ姿を曝《さら》しに来たんでさあ」

仁七のいう通りだった。御船手屋敷近くから覚念寺に向かうのに、稲荷橋を渡る必要はなかったのだ。

「両国橋を渡ったときに、雲水の野郎があっしをからかっていることに気づきやした。で、野郎の正体を探ってやろうという気になりやして」

「正体を探る？」

「いえね。盗っ人仲間ならあっしの歩き方で同業の者だと分かるはずで」

「忍びの者は、流派によってわずかに違う速歩の法で、相手がどこの忍びか判じられると聞くが」

「それほどのものじゃござんせんが、あっしの癖になった歩き方なんざ、盗っ人らしい歩き方なのかもしれやせん」

雲水が尾行を察知していたことを知った仁七は、身についた特有の歩き方を止め、のんびりと歩を運んだ。物見遊山へでも来たように、あちこちで立ち止まっては歩きだす、というやり方を繰り返した。

「ところが雲水の野郎、腹が立つじゃありませんか。舐めてるというか、馬鹿にしてるというか、あっしが休めば休むし、早足ですすめば早足になる、といった具合で」

「そうか。では、あの雲水、元は盗っ人だったかもしれぬな」

「それも、かなり修業を積んだ野郎かと」

「そちの尾行をまこうともせず、覚念寺へ真っ直ぐ戻った雲水。その狙わんとするところが何であるか、おれには解せぬ」

「盗っ人には盗っ人の付き合いがございやす。あっしも昔はときどき、こういう悪戯《わるさ》を仕掛けやした」

「と、いうと」

　蔵人には、仁七がいうところの盗っ人仲間の付き合い、作法がわからなかった。物問いたげな蔵人に仁七が、

「あっしが身につけた歩き方で雲水の野郎は、ひとかどの盗っ人だと感じ取ったんでございやしょう。それであっしの出方を見た」

「それで探り合いの道行きか」

「無粋な道行きで」

「で、雲水は、仁七をどう見たと判断する」

「仲間に入れるか入れまいか、迷っているうちに覚念寺についた。所在を明らか

にしておいて盗みの仲間になりたけりゃ尋ねて来い、という判じものかと」

「なぜ、そうおもう」

「あっしの後を尾ける者がおりやせんでした。もっとも、後を尾けてもまかれるに決まっていると踏んだんでしょうがね」

「仁七は、覚念寺は盗っ人の巣窟《そうくつ》かもしれぬ、と申したことがあったな」

仁七が、大きく頷いた。

蔵人は、目を閉じ、腕を組んだ。それが、沈思するときの蔵人の癖だと知る仁七は、火鉢に目を落とした。炭が烈々と燃え立っている。

（おれの気持と同じだ。滾《たぎ》り立ってやがる。おもしれえことになりそうだ。危ねえことや諍《いさか》いごとに出くわすと、いつも血が騒ぎやがる）

仁七は長谷川平蔵に心服していた。が、このごろは、蔵人にこころの興味が移っている。

（一見優男《やさおとこ》にみえる姿形だが、どうしてどうして、とことん思い切ったことをなさる。お化け屋敷じゃねえが何が出てくるか。おれには長谷川さまの側にいるより、蔵人の旦那の側にいるほうが性《しょう》に合ってらあ）

である。

事実、平蔵から仁七が命じられたのは、繋ぎの役目だけであった。それが、こうやって探索の手伝いまでしている。平蔵は平蔵で、そんな仁七の動きを見て見ぬふりをしている。

（ほったらかしにして、おれ任せで泳がせてくれる。そこんところが長谷川さまの、いいところだ）

仁七のおもいは、蔵人の言葉で断ちきられた。

「仁七。繋ぎを頼まれてくれ。花川戸町の長屋へ出向き、松岡と柴田に『斎藤主膳の張り込みをしばし取り止め、覚念寺を張り込め。いまは覚念寺が大事』と、つたえるのだ」

「留守の場合はどういたしやしょう」

「交代で見張るよう段取りを組んでおる。どちらかが居るはずだ」

「しっかり、繋ぎをつけてきまさぁ」

仁七は、身軽な仕草で、立ち上がった。

蔵人は、朧《おぼろ》げではあったが、悪党どもの繋がりは読み解いた、とおもっていた。覚念寺と大口屋を見張っていれば、いずれ水野や斎藤ら御扶持召放しにかかわる悪党どもも、必ず、この張り込みの輪の中に飛び込んでくる、と予測していた。

蔵人のこころには、

「あるいは、御扶持召放しの陥穽《かんせい》を仕掛ける小身旗本の名、大口屋徳蔵から出ているかもしれぬ」

という平蔵の言葉が、ずっと、引っ掛かっていた。

（もし、大口屋徳蔵を悪党どもの構図の中心に置いたら、どうなる。水野監物一派の別働隊としてかかわってくるのは、覚念寺の道心一派ではないか。道心の実体だけが、わからぬ。道心めが果たす役割、いかなるものか）

蔵人は、さらに思案を深める。

（御扶持召放しの謀略を探索する一団がいる、と知った以上、水野、斎藤たちは、警戒して、しばらくは動くまい）

蔵人は、そう推断した。

「まず、間違いは、あるまい」

蔵人は、己に言い聞かせるように、低く呟《つぶや》いた。

四

仁七が松岡らに蔵人の伝言をつたえたその夜、異変は起こった。

下谷《したや》上野町の鼈甲《べっこう》小間物《こまもの》問屋浜崎屋へ押し入り、家人奉公人合わせて十二人を殺害し、金三百十両余を強奪、これみよがしに、〈夜嵐重助《よあらしじゅうすけ》〉との焼き印をうった木札を残していった凶盗が出没したのである。

平蔵が、夜嵐の重助一味が浜崎屋へ押し入ったと知ったのは、浅草の非人溜《だまり》へ出向き、非人頭《がしら》浅草弾左衛門《だんざえもん》から江戸南北両町奉行所より預けられ、養育されていた無宿の若者二十二名を受け取り、本湊町の揚場《あげば》に到着したときであった。

事件のあらましを報告し、指示を仰《あお》ぐために揚場で平蔵を待っていた与力、石島修助に、

「押し入られた浜崎屋を再度、隅々まで調べなおし、見落としなきよう、新たな手掛かりを探れ」

と命じて、清水門の役宅に戻らせた平蔵は、同行の同心、相田倫太郎に、

「平右衛門町《へいえもんちょう》の船宿水月へ走り、仁七に夜嵐の重助が浜崎屋へ押し込んだ、とつ

たえるのだ。後は、仁七が心得ておる」

と、下知した。

仁七が、相田から平蔵の伝言を聞いたのは小半刻（三十分）後である。揚場のある本湊町から浅草御門を抜け、平右衛門町の神田川沿いに所在する船宿水月まではゆっくり歩けば半刻（一時間）足らずの距離であった。相田は、かなりの早足でやってきたと見え、底冷えのする日だというのに顔一面に噴き出した汗を、手拭いで拭いながら平蔵の伝言を早口で告げ、

「これより下谷上野町の浜崎屋へ向かう」

と、仁七にいい残し、一杯の茶も呑まずに出ていった。

人足寄場建設に平蔵がかかわることによって、火盗改メの務めがおろそかになるに違いないと踏んだかのような凶盗、夜嵐の重助の出現に、火付盗賊改方役宅の、留守を預かる与力たちがいかに浮き足だっているかが、相田のうわずった物言い、物腰から推察された。

「さすが長谷川さまだ。こうなることを見越して、蔵人の旦那に裏火盗を組織させたに違《ちげ》えねえ」

仁七は出かける支度を終え、台所で肴《さかな》の仕込みをやっているお苑《えん》に、

「出かけてくらあ」

と、声をかけた。前掛けで手を拭きながら、台所口から顔を出したお苑に、仁七が小声でいった。

「しばらく留守にするかもしれねえ。後の段取りは頼むぜ」

「夜嵐の重助の一件かい」

お苑も声をひそめた。このお苑、元は品川の女郎であった。盗っ人を稼業としていたころ、仁七が通った品川遊郭の相方で、顔立ちはそれほどでもないが、抱くと肌が合うというか、ついついなれ合ってしまい、さばさばとして気立てがいいのが気に入って身請けをした女であった。

だからといって仁七は、お苑と所帯を持ったわけではなかった。ときどき、お苑の住む長屋を仁七が訪ねては泊まり、帰りしなに月々の暮らしには十分過ぎるほどの金を置いてくる。二年ほど、そんな暮らしをつづけていた。

が、平蔵の手の者に捕らえられ、平蔵の取り調べを受けるうちにその人柄に惚れ、平蔵に乞われるまま密偵を引き受けた仁七が、半年ぶりに娑婆《しゃば》に出て、

（居るはずはねえ）

とおもって訪ねた長屋に、お苑はまだ住んでいた。

お苑は仁七の姿を見るなり、おいおい泣きながら、人目もはばからず抱きついてきたのだった。

お苑はもともと器用な質《たち》で、女郎仲間の繕《つくろ》い物を引き受けては小銭を稼いでいた。まさしく、芸は身をたすくで、女郎時代に見様見真似で覚えた繕い物の業《わざ》で、お苑は仕立物の内職を引き受けて、仁七の訪れを待ちつづけていたのであった。

(この女とはもう、離れられねえ)

そう決めた仁七は、このとき、己のすべてをお苑に話してきかせた。平蔵の要請で、昔の盗っ人仲間を売る密偵を引き受けたことも告げた上で、

「いつ、どこでおっ死《ち》ぬか分からねえおれだが、そばにいてくれるかい。無理にとはいわねえ。それと、生涯、女房にはできねえ。密偵の仕事におめえを巻き込みたくねえ。女房でなきゃ女のおまえには、盗っ人どもも手は出すめえ」

仁七の言葉にお苑は、頷いていった。

「いいよ、女房じゃなくとも。ただ、あんたが死んだら、あたしも死ぬ。それだけは勝手にさせておくれ」

仁七に否《いな》やはなかった。仁七は平蔵が、密偵の仕事の隠れ蓑《みの》に水月をあてがってくれたとき、お苑のことをこう頼み込んでいる。

「女房同然の女で。が、密偵の身に女房は無用。そうおもいつつもそばにおいておきてえ。あっしの我《わ》が儘《まま》、是非とも、きいてくだせえやし。この通りでございます」

役宅の庭先で、額《ひたい》を地面に擦りつけたものであった。

平蔵は、

「密偵の仕事さえしっかり仕遂げてくれりゃあ、あとは仁七、おめえの勝手にしな」

と、あっさり願いを叶えている。

仁七は、

「あくまでも女房じゃねえ形をとりてえ」

と言い張り、お苑を通いの仲居頭、女将《おかみ》代わりとして、水月に雇い入れたのだった。

平蔵にいわせれば、

「そこが仁七らしいところよ」

であり、仁七にすれば、

「あっしにも、あっしなりの筋がござんす」

ということになる。

ともあれ、こんな経緯《ゆくたて》もあって仁七とお苑には、長谷川平蔵は、神様同然の、どんなに感謝してもし足りない、かけがえのない人物であった。

その平蔵が、いま、窮地に立っている。

「一肌も二肌も脱がねばなるめえ」

その気持は仁七も、お苑も同じであった。

「後はまかせておくれ。あんたが帰ってくるまで水月はあたしが、しっかり守り抜くからね」

前掛けを握りしめてお苑が、仁七をじっと見つめた。

「おまえさん、命の賭け処だよ」

「分かってらあな。行ってくるぜ」

仁七は、上がり口に置いた風呂敷包みを手に取った。風呂敷の中には、泊まり込むときに備えての、多少の着替えが包み込んであった。

ひょいと近くへ出かけるふうを装って、水月を出てきた仁七は、周囲に警戒の視線を走らせた。不審な者の気配はなかった。

仁七は浅草山之宿《やまのしゆく》六軒町の、道が二手に分かれたところで立ち止まった。

仁七は、肩を叩き、さも草臥《くたび》れたかのように首を回して、大きく息を吐いた。

その仕草の間に、仁七の目は周囲のものすべてを見届けていた。

尾《つ》けている者は、いなかった。

仁七は浅草新鳥越町二丁目の、建ちならぶ町家が途切れたところを左へ折れて、貞岸寺へ向かった。


蔵人は庭に面した濡れ縁に座り、座禅を組んでいた。座した左脇に胴田貫が、不意の抜刀に備えて、すぐ手に取れる位置に置かれていた。

仁七が近づくと、蔵人は閉じていた眼を開いた。

「仁七か。おまえが繋ぎに来るのではないか、とおもって待っておった」

「それじゃ、旦那は、何かが起こると」

「おれが敵の立場ならどう動くか考えてみただけだ。二十二日は、長谷川様の身が確実に人足寄場に釘付《くぎづ》けになる日。昨夜か、今夜かいずれかに何事か起こるであろうと予測しておった」

「実は、下谷の鼈甲小間物問屋浜崎屋に夜嵐の重助という盗っ人が押し入りやした」

仁七は、長谷川平蔵配下の火盗改メ同心相田倫太郎から聞いた、平蔵の言葉を蔵人につたえた。

話し終えた後、仁七は風呂敷包みを蔵人に見せて、こう付け加えた。

「当座の着替えを用意してきておりやす。旦那のそばに置いていただいて、存分に役立ててくだせえやし」

蔵人は、おもわず頷いていた。仁七の心遣いがありがたかった。

「頼む。人手が足りぬ折りだ。おまえが手伝ってくれると、助かる」

微笑んだ蔵人に、仁七は、心中《さなか》で唸《うな》った。

(なんてこった。こんな大事の最中だってのに、屈託なく微笑《ほほえ》めるなんざあ、たいしたもんだ。この微笑みだけで、そばにいる者のこころがどれほど落ち着くものか)

蔵人は、立ち上がって胴田貫を腰に帯びた。

「おれは、花川戸町の長屋へ出向き、昨夜、覚念寺に何か異変がなかったか柴田たちに訊いてくる」

「あっしは、どういたしやしょう」

「浜崎屋近辺でこのところ、何かいつもと違ったことがなかったか聞き込んでくれ。それと火盗改メの役宅へ出向き、探索の結果、知り得たことを聞いてきてくれ」

「分かりやした。ところで、夜嵐の重助のことでござんすが、どこかで聞いた名だとおもいつつ、なかなかおもい出せずにいたんですが、いま、やっと、おもい出しやした」

「申してみよ。些細《ささい》なことでも役に立つ」

「七年ほど前、お亡くなりになったはずで。あっしら盗っ人の鑑《かがみ》。『盗みはすれど非道はせず』と真っ直ぐな、一度も人を殺《あや》めたことのない、綺麗なお盗《つと》めをなさるお頭《かしら》だという噂でございやしたが」

「一度も人を殺めたことがない盗っ人の鑑。しかも、すでに死んでいる、と申すか。面妖《めんよう》な話だな」

しばしの沈黙が流れた。

ややあって、蔵人が口を開いた。

「長屋を訪ねた後は覚念寺へ回る。覚念寺に、さまざまなからくりの謎を解く鍵があるとみた」

突然、納所《なっしょ》坊主になりきった碓井の清吉の顔と雲水《うんすい》の姿が、仁七の脳裡をよぎった。

「仁七、おまえは覚念寺の周りをうろついてはならぬ。おまえを見知った元の盗っ人仲間の目が光っておる。おれの下知に従うのだぞ」

「お言葉は、きっちりと守りやす」

情けを忘れぬ蔵人のこころを計った仁七は、おもわず頭を下げていた。

「夜には戻る。仁七が復申、待っているぞ」

蔵人は、すでに濡れ縁から降り立ち、足を踏み出していた。

五

蔵人は、徹夜の張り込みあけで寝入っていた柴田源之進を、文字通り叩き起こした。

眠い眼をこすりながら、蔵人の問いに柴田は答えた。

「覚念寺の総門と裏門を見渡せる堤《つつみ》の、大木の蔭より見張っておりましたが、何の異変もありませんでした。外へ出た者はいません」

蔵人は、

「一緒に行く」

といい募る柴田に、今夜の覚念寺の張り込みに備えよ、と命じて単身、覚念寺へ向かった。

覚念寺近くの寺島村の堤へさしかかると、蔵人の姿を見かけて意外な人物が駈け寄って来た。真野晋作であった。

大口屋を張り込んでいた晋作は、呼びつけた町駕籠《まちかご》に乗って出かける徳蔵の後をつけた。徳蔵を乗せた駕籠は覚念寺の総門へ入り、それきり出てこない、というのだ。

「出てくるのを、待ち受けているところです。松岡さんとは、知らぬふりを決め込んでいます」

晋作が視線で示した先に松岡の姿があった。松岡は、堤に腰を下ろして大木に背をもたせかけ、腕組みをして、ぼんやりと覚念寺を見やっていた。どう見ても、暇をもてあました浪人者が、冬のわずかな日溜まりを見つけて、日向《ひなた》ぼっこでもしているかのようにしか見えなかった。

蔵人が、松岡に歩み寄った。

「どうだ、様子は？」

振り向いた松岡が、立ち上がった。その顔には緊迫の色があった。

「御頭。さっき斎藤主膳とおぼしき浪人者が覚念寺に入っていきましたぞ。深編笠に御頭と同じような着流し姿で」

「人相も確かめずに、なぜ、斎藤主膳と断じられる」

蔵人の問いかけに、松岡は苦い笑いを浮かべた。

「拙者《せっしゃ》は鹿島神道流免許皆伝、いっぱしの剣客で通じる者。武州玉井村山中での斎藤の身のこなし、しかと見届けてござる」

松岡のいうとおりだった。相手の躰《からだ》の動きの癖を、瞬時にして見抜くことができるか否かが、剣の勝ち負けのひとつの要因だといわれている。

人それぞれに躰の形が違うように、動きにもそれぞれ特有の形があり、いわば癖ともいうべきその動きが、わずかの虚、わずかな隙《すき》を作り出す。奥義書《おうぎしょ》にそう記しつたえる、剣の流派も少なくない。

「斎藤は六尺豊かな体軀《たいく》の持ち主。その体軀を利して、大上段に振りかぶって、振り下ろした大刀を、相手に叩きつける一撃が得意技と、みてとりました」

「剣は間合い、ともいう。間合いを見極めるのは己の両の眼。両の眼を一定の高さに保つには、己の肩を地と平行に保たねばならぬ」

蔵人の言葉を松岡が継いだ。

「大上段からの幹竹割《からたけわり》を得意技とする剣客が日々鍛錬を怠《おこた》らないとき、大上段に振りかぶったまま肩を大地と平行にしようとすると右腕を伸ばさざるを得ず」

「長い時の間に、いつしか右腕と左腕の長さがわずかにずれて、右腕が長くなる。そういいたいのだな」

松岡は大きく頷き、付け加えた。

「六尺豊かな大男で、筋骨逞《たくま》しく、右腕がわずかに長く感じられる。そのような体軀の者、めったにおるものではございませぬ」

たしかに、そのとおりだった。蔵人には、松岡がいかに厳しい修行を重ねてきたかが、推察できた。

ただ直向《ひたむ》きに、日々剣の奥義を求めて修練をつづけた者同士が理解しうる、松岡の、斎藤主膳に対する明察であった。

「斎藤が覚念寺を訪れ、大口屋徳蔵も覚念寺に姿を現した。凶盗夜嵐の重助の出没と、何やら符丁を合わせたような。そんな気がする」

蔵人は、独り言のように呟《つぶや》いた。

その日、陽が落ちても、大口屋徳蔵も斎藤主膳とおぼしき浪人者も覚念寺から出てくることはなかった。

蔵人は、張り込みに柴田がやってきたのと交代に、松岡、晋作とともに覚念寺近くの堤から引きあげた。

柴田が抱えてきた大風呂敷には、綿の詰まったぼろぼろの着物が入っていた。柴田は着物の上にぼろの綿入れを着込み、汚れた手拭いで頰被《ほっかむ》りした。そうすると柴田は、遠目には浮浪者としか見えなかった。


事態の急転を察した松岡はそのまま、蔵人と行動を共にした。

蔵人の家には、すでに仁七が戻っていた。多聞も、木村も、蔵人の帰りを待ちかねてか、座敷に居並んでいる。

「浜崎屋の屋内は、斬り殺された家人、奉公人の血で真っ赤に染まっていて、そりゃあ無惨な有様だったそうで」

仁七は、火盗改メの探索の結果を告げた。仁七の、浜崎屋近辺での聞き込みからは、新たな手掛かりを得ることができなかった。

「御扶持召放しの一件だけでも手が回りかねているのに、夜嵐の重助一味の追尾までも為し得るかどうか」

多聞が弱気な溜息《ためいき》をついた。

「いや、おれは、夜嵐の重助一味を追いつめることこそが、御扶持召放しの謀略を暴き立てる早道だとおもっている」

蔵人に一同が疑問の眼差《まなざ》しを向けた。蔵人は、そう推定するにいたった経緯《ゆくたて》を、大口屋徳蔵を中心に据えた悪党どもの関係図を、筆をとって懐紙に描きながら語った。

「すべて、おれの思い込みかもしれぬ。が、現実に、覚念寺に斎藤主膳らしき浪人者が現れ、大口屋徳蔵も訪れておる」

「覚念寺の住職道心と夜嵐の重助が同一人物であることを確かめる。それが我ら裏火盗の、いま為すべきことかもしれませぬな」

多聞が、一語一語を嚙みしめるようにいった。うむ、と顎を引いた蔵人が、

「仁七、夜嵐の重助、今晩は動くとみるか」

「おそらく。ここ数日は、連続して畜生盗みを、やらかすんじゃねえかと、元盗っ人の、あっしの経験から割り出したことですがね」

「なにっ」

「まことか」

松岡、木村が片膝を立てた。

「おれも、そう見る。暴虐のかぎりを尽くしつづけ、探索の先頭に立つ長谷川様の足下を揺さぶると見た」

蔵人は、一同を見渡しつづけた。

「江戸御府内を間断なく荒らしまわることで公儀批判、御政道批判の口火を切るのが奴らの真の狙いかもしれぬ」

「なにゆえそのようなことを」

木村の問いに蔵人はこたえなかった。蔵人自身にも、確たるものがあるわけではなかった。ただ、夜嵐一味が暗躍を開始した夜と、平蔵の浅草・非人溜からの無宿者引き取りの日とが、ほぼ重なったことは、偶然とはおもえなかった。

(長谷川様の公の動きを知り得る立場にいる幕閣の要人が、その動きを夜嵐一味に通じる何者かにつたえたに違いない)

そう蔵人は考えていた。

蔵人は、仁七へ向き直り告げた。

「仁七、すまぬが水月へ戻ってくれ。多分、長谷川様からの繋ぎがあるはずだ。

夜嵐の重助一味をおもうがままに跳梁《ちょうりょう》させ、その働きぶりから奴らの手の内を探るしか、我らには手がないのだ」

第六章　冥《めい》　暗《あん》

一

朝五つ半（午前九時）、仁七が急ぎ足で貞岸寺裏の蔵人の住む離れ家へやってきた。

蔵人は、すでに日々の鍛錬を終え、着流し姿でいた。

相田が息せききって水月へ飛び込んできたのは、明六つ半（午前七時）すぎのことであった。

蔵人と仁七の予想どおり、昨夜、日本橋の呉服問屋越前屋へ夜嵐一味が押し入り、主人親子四人と奉公人十三人、合わせて十七人を斬殺し、金七百五十両余を奪った、という。

相田は、蔵人宛の、平蔵からの書付《かきつけ》を預かってきていた。

「これが、その書付で」

仁七は、懐《ふところ》から書付を取り出した。中に何やら、手の平におさまるほどの大きさの木片が入っている。

受け取って、開いた書付には、

「この木札、思うがままに使ってくれ。　平蔵」

との走り書きがあり、書付にくるまれていた木札には、

［此者《このもの》、平蔵代理之者也。勝手振舞御免之事　長谷川平蔵］

と墨で黒々と書かれ、平蔵の名の下に花押《かおう》が記されていた。

木札は、まさしく、鑑札そのものであった。

平蔵代理の者ということは、平蔵同様の権限を与える、ということを意味している。火付盗賊改方のかかわる所に自由に出入りでき、探索の極秘調書も自由に閲覧できる。蔵人たち裏火盗の探索する力が、倍にも数倍にも成りうる可能性を秘めた木札、といえた。

蔵人は、いまさらながら、平蔵の配慮に感じ入っていた。また、

（この鑑札、存分に役立ててみせる）

と、こころに期してもいた。

「仁七、日本橋の呉服問屋越前屋へ出向く。案内してくれ」

蔵人は、刀架《とうか》に掛けた胴田貫を手にとった。

深編笠に黒の着流しという、いつものいでたちで仁七とともに出かけた蔵人は、越前屋近くで立ち止まった。

「ここで別れよう。仁七、おまえは、これから花川戸の長屋へ柴田を訪ねて、昨夜、覚念寺に動きがあったかどうか、聞いてきてくれ」

「いつお戻りで」

「おれが水月に寄ろう」

「うまい肴《さかな》を用意しておきやしょう」

「いや。おれ一人、いいおもいをするわけにはいかぬ。皆と一緒のときにたのむ」

「わかりやした」

仁七は、軽く会釈をし踵《きびす》を返した。

越前屋の前では数人の番太郎が立ち番をしていた。

蔵人は、番太郎のひとりに歩み寄った。

「どなたでもよい。火盗改メの方にお取り次ぎ願いたい。拙者《せつしや》、長谷川平蔵様存じ寄りの者。名は、いまはいえぬ」

番太郎は、ちら、と訝《いぶか》しげな視線を蔵人へ走らせたが、腰を屈《かが》め、越前屋へ入っていった。

番太郎と一緒に出てきたのは相田だった。相田は、二十代半ば、火盗改メの同心になって半年ほどの、いわばひよっこであった。経験の足りない者ほど、他所《よそ》では偉そうな態度を取りがちであるのは、現在も昔も変わりはない。相田倫太郎の場合も、例外ではなかった。蔵人を上から下まで胡散臭《うさんくさ》げに眺め回し、低い身丈の、小太りの躰《からだ》でふんぞり返り、見下した目つきでいい放った。

「御頭《おかしら》はここにはいらっしゃらぬ。貴様、何者だ。御頭の知り合いなら、わしが知らぬはずはないが。貴様、本当に御頭の存じ寄りの者か」

蔵人は、黙って、平蔵から下された鑑札を相田の眼前に突きつけた。

「ん？」

木札の文字を追う、相田の目がしょぼついたかとおもうと、

「こ、こちらへ」

と、急に言葉と態度を改め、蔵人を越前屋へ招じ入れた。一歩、足を踏み入れた途端、蔵人は漂う血の臭いに眉をひそめた。

相田は、帳場のあたりに跪《ひざまず》き、散乱した帳面などを手にとって、何やら調べ物をしている四十代後半の、がっしりした体軀《たいく》、鋭い目つきの細面《ほそおもて》の武士に話しかけている。蔵人に一瞥《いちべつ》をくれたその武士の物腰からみて、平蔵の留守を預かる与力、と蔵人は推察した。

武士は立ち上がり、蔵人に歩み寄った。はたして、蔵人の見立てどおり、その武士は火付盗賊改方与力石島修助であった。

蔵人は無言で、石島に鑑札を掲げて示した。じっくりと鑑札をあらためて、石島が声をひそめた。

「御頭より話は聞いておりまする。『わしが信ずる者ゆえ間違いはない。時と場合においては指示にもしたがえ』との御下命でございました」

「仔細《しさい》あって世をはばかる身。深編笠をかぶったままの検分、お許し願いたい」

どこに知り人の目があるかもしれなかった。蔵人は、できうる限り面《おもて》を曝《さら》すまいと決めていた。

うつむいて、しばし沈黙した後、石島が顔を上げた。

「鑑札にも勝手御免とあり申す。おもうがままにされるがよい。向後は、身共《みども》か、さっき応対に出ました同心相田倫太郎に、何事もお言いつけくだされ」

石島は相田を呼び、

「越前屋の屋内《なか》を案内し、いままでの探索で知り得たことを、すべておつたえするように」

と命じて、再び帳場へ戻っていった。

「帳場に何か手掛かりらしきものが残っておるのか」

「いや、石島さまは『手掛かりのほどはともかく、帳面類を盗っ人があらためたふしがあるは妙』とおっしゃいまして」

「帳面をあらためたふしがある、と？」

「多分、石島さまの思い違いでございましょう。ときどき、ある話で。まいりましょう」

相田は蔵人の返事も待たず、先に立って歩き出した。

死体が片づけられていないためか、越前屋の惨状は、凄まじい、の一語に尽きた。

壁のあちこちに血が飛び散っていた。凌辱《りょうじょく》されたのか、下女が乳房と下半身を剝《む》きだした姿で土間に転がっていた。首でも絞められたらしく、大きく開いた口から舌を突き出し、目を剝いて絶命していた。嬲《なぶ》り殺されたのか、手代らしき男が体中斬り刻まれ、顔も定かでないほど傷つけられて、血まみれで壁にもたれていた。

「夜嵐の重助一味は人間ではござらぬ。畜生でもない限り、こんな非道はできませぬ」

心底怒っているのか、相田の声が震えた。

「越前屋の主人の骸《むくろ》が見あたらぬが」

蔵人の問いかけに、

「金蔵《かねぐら》の前に転がっておりまする」

主人の口には、〈夜嵐重助〉と焼き印された木札が押し込まれていた、と相田は付け加えた。

夜嵐の重助一味のやり方は、盗っ人仲間では急ぎ盗みと呼ばれる手口だと、仁七が蔵人に話してくれたことがある。

「急ぎ盗みは、まさしく、畜生盗みともいうべきもので、一片の情けもかけることなく家人、奉公人など屋内にいる人という人を皆殺しにし、女は凌辱する、というそりゃあ酷《むご》いもので」

そういって、仁七は顔を歪《ゆが》めたものであった。

（まさしく、仁七の申すとおり。これは、人間の仕業ではない）

蔵人は、胸中で呻《うめ》いた。

相田から話を聞くかぎり、平蔵の留守を守る本隊ともいうべき石島与力が率いる、火盗改メの面々の探索も虚《むな》しく、下谷の鼈甲小間物《べっこうこまもの》問屋浜崎屋、ここ越前屋でも手掛かりは得られていないようだった。

相田に、

「何かあったら、どんな些細《ささい》なことでもよい。水月の仁七につたえておいてくれ。用があれば、拙者のほうから連絡する」

そういい置いた蔵人は、大口屋へ向かった。

蔵前にある大口屋は、かなりの店構えで、店先には買い付けた扶持米《ふちまい》を蔵へ運び込む荷車が行き交っていた。

蔵人は、大口屋から少し離れた、大口屋を張り込むために借りた、貸し店と貼り紙のある間口二間《にけん》ほどの、町家の引戸を開けなかへ入った。

気配を察したのか、階段の登り口のあたりで、刀の鯉口《こいぐち》を切る気配がした。

「おれだ」

階段の下に立った蔵人が、声をかけた。

「御頭。大変なことが」

晋作が階段を駈けおりて来た。

「大口屋徳蔵《とくぞう》が家に戻っております」

「朝方、戻ってきたのではないか」

「そのようなこと、断じてありませぬ。交代のとき、木村さんより、『大口屋徳蔵を乗せた駕籠《かご》は戻っておらぬ』と引き継いでおります」

「密かに、裏口から戻ってきたのではないか」

「なぜそのようなことをするのです。徳蔵は大口屋の主人。たとえ、真夜中に帰って使用人を叩き起こしても誰一人文句をいう者はおりますまい」

「どのような様であった」

「朝五つ半ごろでしたか、深編笠をかぶった六尺豊かな、逞《たく》しい体軀の浪人を送り出して店先へ出てまいりました」

「浪人は斎藤主膳かもしれぬな」

うむ、と蔵人は唸った。

（大口屋徳蔵、斎藤主膳とおぼしき浪人者、ともに覚念寺を離れて、大口屋から姿を現している。柴田を訪ねた仁七の復申《ふくしん》の結果次第で、手掛かりが生じるかもしれぬ）

蔵人は、そこで、思考を止めた。

「晋作、張り込みをつづけてくれ。おれは寄るところがある。遅くなるかもしれぬが必ず帰る。報告をたのむ」

晋作の面に緊迫が走った。

二

夜の帳《とばり》がおりた神田川を、客を乗せた屋根船がゆっくりと、流れにまかせて漂っていく。

蔵人は、浅草御門の手前を右へ曲がろうとして、ふと足を止めた。芸者でも乗っているのか、屋根船から洩れ流れる三弦《さんげん》の響きに聞き惚れたからであった。

（冬の夜の船遊びか。大川へ出れば、江戸湾の漁《いさ》り火が美しかろう）

三味線《しゃみせん》の音色《ねいろ》が、屋根船とともに遠ざかり、消え去っていく。蔵人は、軽く吐息を洩らした。この吐息が、蔵人を現実に引き戻した。

(仁七の復申《ふくしん》のなかみで、我らが動きも考えねばならぬ)

そう胸中で呟《つぶや》いていた。

蔵人は、水月への道を急いだ。

仁七は、すでに戻っていた。蔵人が入ってくるのを待ちかねたように勝手から出てきた仁七は、いつも平蔵と出会うときに使う、二階の神田川沿いの座敷へ案内した。

座敷の火鉢には、炭が赤々と燃えていた。寒空のなか、やってくるであろう蔵人をおもい、仁七がなした細やかな心配りであった。

「柴田は何といっておった」

座るなり、蔵人が聞いた。

「何の変わりもない、とおっしゃっていました」

「やはり、そうか」

腕を組み、黙り込んだ蔵人に仁七が、

「何か、起きましたんで」

「大口屋徳蔵と斎藤主膳らしき浪人者が大口屋から出てきたのだ。それも朝五つ半ごろにな」

「何か、からくりがある。そういうことですね」

「柴田が、大口屋徳蔵と斎藤主膳とおぼしき浪人者の二人を見逃すことは、まず、あるまい。それに、大口屋徳蔵は駕籠《かご》で帰ってきたわけではない。それは、木村と真野が確認しておる」

今度は、仁七が首を捻《ひね》る番だった。

火鉢に手をかざした蔵人は、頭のなかで覚念寺の風景をおもい浮かべていた。

覚念寺は、道を間に挟んで、法泉寺《ほうせんじ》のほぼ真向かいに位置していた。総門は道に面しており、裏門は田畑《でんぱた》側に造られていた。裏門の前から道へ通じる幅一間《いっけん》ほどの小道がのびている。

(裏門は田畑の前にあるのか)

いままで何ともおもわなかったことであった。蔵人は、さらに考えつづける。

(道は、いつ人が通るか分からない。たまたま門扉《もんぴ》が開いていたとき、なかを覗かれる危険性がある道側に、裏門を造るわけにはいかない理由が、覚念寺にはあるのだ)

蔵人の思念を、仁七の独り言が断ちきった。

「覚念寺の裏手は隅田川だったな」

蔵人は、その言葉に、引っ掛かるものを覚えた。

「隅田川に、何か、あるのか」

「いえね。あっしは船宿をやっているんで、よく舟を漕ぐんでさあ。船頭にとっちゃ、川は陸の道と同じなんで」

刹那《せつな》――。

蔵人のなかに、閃《ひらめ》くものがあった。

「川は、道と同じか」

蔵人は脳裡に、隅田川に面した覚念寺の風景を思い描こうとした。しかし、蔵人は、その景色を、描くことができなかった。

（迂闊《うかつ》な）

蔵人は舌を鳴らしたい衝動にかられた。

戦国の世の武将は、築城の際、川、峻険《しゅんけん》な山、谷など自然の造りだしたありとあらゆるものを己の利となるよう使い尽くした、とつたえられている。

（隅田川から見た覚念寺の様子、明日にも確かめるか）

であった。

「晋作が探索した結果を、聞かねばならぬでな」

蔵人は、そう仁七に告げ、水月を後にした。

蔵前の貸し店に戻った蔵人を、晋作が待っていた。

「何の動きもありませぬ。大口屋徳蔵は斎藤主膳らしき浪人者を見送りに出た後、一度も姿を現しませんでした」

晋作の報告は蔵人の予期していたものであった。


翌朝、五つ半（午前九時）、仁七が、身に染みついた盗《ぬす》っ人《と》の早足で、昨夜、貞岸寺の離れに戻っていた蔵人の元にやってきた。

夜嵐の重助一味が、小石川小日向《こびなた》水道町の乾物問屋丸屋へ押し入り、十二人を殺害、金六百七十両余りを強奪した、という。

相田が息せき切って水月へ駈け込んで来て、夜嵐の重助一味の事件について告げた後、持参してきた石島から蔵人へあてた書面を仁七に託した。

蔵人は、石島からの書面を受け取り、目を通した。書面には、石島のがっちりした外見には似ぬ、女文字をおもわせる、細やかな、几帳面な文字がならんでいた。

「呉服問屋越前屋の探索にては、手掛かりは得られず。右　ご報告まで　石島」

書面に目をとおした蔵人は、静かにそれを閉じた。

「手掛かりはなかった。そうでござんすね」

仁七の表情が硬い。

「仁七、一昨夜、夜嵐の重助一味が押し込んだ浜崎屋の近所で、浜崎屋の奥向きとかかわりのある者が誰かいるか、聞き込んでくれ。お内儀の髪を結《ゆ》いに来ていた髪結いあたりがいいかもしれん」

「浜崎屋のお内儀が髪を結ってもらっている間に、ついつい内証の愚痴をこぼしたかもしれねえ。旦那は、そうおもってらっしゃるんですね」

蔵人は、肯定の意を込めて顎を引いた。

「おれは、隅田川に面した覚念寺がどうなっているか、対岸から眺めて来る」

「もし、浜崎屋の聞き込みが早く終わりましたら、越前屋、丸屋へと足をのばしてみやしょう」

「おれも丸屋へ回ってみる。ただし、顔を合わせても知らぬふりだ。敵の目がどこに光っているかもしれぬからな」

「今夜、ここへ参って復申いたしやす」

「いや、やはり、おれが水月に寄ろう」

仁七は、一礼して座敷を出ていった。

蔵人は、文机《ふづくえ》の前にすわった。巻紙を取りだし、筆をとる。悪党どもの関係図を書き、名前の傍《かたわ》らに今まで分かっていることを書き足していく。

水野監物と斎藤主膳一味の御扶持召放しの謀略は、武州玉井村山中の剣戟《けんげき》以来、動きを止めている。大口屋徳蔵については、老中松平定信に依頼したまま進んでいない。夜嵐の重助の一味に押し入られた浜崎屋、越前屋には何の手掛かりも残されていない。

蔵人は、筆を置いた。いまは、覚念寺ならびに住職道心について裏火盗の総力を結集して探索すべきではないか、とのおもいが強い。が、なぜか斎藤の動向も気にかかって仕方がなかった。

（まずは、隅田川の対岸から覚念寺の様子を見定めることだ）

蔵人は、巻紙の書いた部分を破り取った。さらに細かく引き裂いたその紙を、火鉢の、赤々と燃える炭の上に置いた。紙が、燃え上がっていく。

蔵人は、己の迷いを配下の者たちに知られたくなかった。命を預けた蔵人が、常に迷いながら手探りで動いていると知ったら、配下たちは動揺を来《きた》すに違いない。迷いの証《あかし》となる書付を残しておくことは、無用な混乱を招く原因ともなりかねない。そのための焼却であった。

完全に紙が燃え尽きたのを見届けた蔵人は、火箸で火鉢の灰を掻き寄せ、くすぶる炭を埋《うず》めた。

三

蔵人は、橋場町の渡船場《とせんば》にいた。深編笠に黒の着流し、という、いつものいでたちであった。渡船場のほぼ真向かいに覚念寺はあった。覚念寺の、隅田川に沿った側は、丈の高い板塀《いたべい》が隙間《すきま》なく張り巡らされていた。

(これでは、隅田川からは、覚念寺のなかの様子、まったくわからぬ)

蔵人は、再度、板塀を見据えた。

川を道がわりに使うためには舟を利用しなければならない。舟には舟を停泊させるための船瀬と船着場、つまり、船許《ふなもと》が必要であった。隅田川沿いに、覚念寺が密かに造り得た船許、船瀬が存在するか否かを確かめるには、対岸からは距離がありすぎた。蔵人は、橋場の百姓渡しに乗り込んで、できうるかぎり近くに寄って、板塀がどうなっているか、仔細《しさい》を見極めることにした。

「舟が出るぞ〜い」

船着場に立った船頭が、大声で呼びかけた。

蔵人は、渡し舟に乗り込むべく、歩を移した。

舟には行商人らしき中年男のほか、数人ほどの町人が乗り込んでいた。船頭が、ゆったりと櫓《ろ》を漕いでいる。

対岸には、春ともなれば、見事な桜の花びらを満々と枝々につけて咲き誇る、墨田堤の桜並木が、朽《く》ち果てた木々にも似た姿を曝《さら》していた。その桜並木の、どこぞの木の根もとに、画帳を広げて、さも景色でも描き写すかのように装いながら張り込みをつづける松岡が居るはずであった。

このあたりは、千住大橋の上流からは荒川と名を変える隅田川と綾瀬川、古《ふる》墨田川が合流するところで、川の流れも、複雑に入り交じり、櫓捌《さば》きも大変なところであった。

今日は流れがいつもより速いのか、舟は下流へ少し流されながら進んでいく。

蔵人にとって、実にありがたい状況であった。

舟は、流れに斜めに逆らうようにして、寺島村の渡船場へ向かっている。舟の後ろに乗り込んだ蔵人には、覚念寺の、十尺に及ぼうかという高い板塀が、斜向《はすむ》かいに見えた。

遠目には、はっきりと見えなかったが、高い板塀のちょうど中間の高さの位置に厚い横板が打ちつけてあった。どうやら、そこで、上段と下段に縦板を継ぎ足しているらしい。さながら要塞をおもわせる、堅固な板塀であった。

蔵人は懸命に観察をつづけた。板塀は川岸ぎりぎりに造られていた。板塀の下の部分をなす厚板は、地面深く埋め込まれている。

舟は、なおも、流れに逆らいながら進んでいく。操《あやつ》る櫓に、常以上の力を籠めて漕ぎつづける、船頭の乱れた息遣いが、蔵人にも聞こえてきた。

舟は急に斜めに押し流れ、さらに板塀へ接近した。

蔵人は、おもわず、身を乗り出した。舟が微《かす》かに傾《かし》いだ。蔵人は、ここが舟の上だと気づき、躰《からだ》を元に戻した。

蔵人の視線は一点に注がれていた。

そこだけ、川の流れが幅二間《にけん》ちょっとの小さな入江を形作っていた。張り巡らされ、地中深く打ち込まれた縦板の一端が、水面すれすれの高さで、途切れている。

自然がなした造形に逆らわぬまま造り上げたもの、とおもわれた。が、

「川は舟を使えば道と同じ」

との仁七の言葉が、蔵人のこころに強く残っていた。

入江を、秘密の船許と考えれば、なぜ、厚板を縦に隙間なく打ち並べ、張り巡らした板塀仕立てにしたのか、その理由がわかるような気がした。

蔵人の頭の中で、入江の水面に触れんばかりの下段の板塀が、内側へ両開きに開かれる光景が浮かび上がった。

(後は張り込んで、隠された船許の門が開くのを確かめるだけだ)

蔵人は、隅田川の水流がひたひたと流れ込む覚念寺の板塀の途切れた処、入江のあたりをじっと見据えた。

入江のあたりには、本来、岸辺に群生する葦《あし》などの水草が、ほとんど見られなかった。舟などが頻繁に行き来している証《あかし》といえた。

(おれの推測、まず間違いはあるまい)

であった。

寺島村の渡しに降り立った蔵人は、船頭に、

「橋場への舟は何刻《なんどき》後に出る」

と、問うた。半刻（一時間）後、と聞いた蔵人は、遅い昼飯をとることにした。

このあたりは、桜見物や川遊びなどを楽しむ江戸の人々の憩いの場所で、四季それぞれに人の集まるところであった。

土地の梅を売り物にした梅茶飯屋、鯉料理などを得意とする川魚料理の店などが点在し、食する店を選ぶのに不自由はなかった。

蔵人は、梅茶飯を渡船場近くの茶店で食した。梅干しに紫蘇《しそ》がからめてある自然の梅干しの味がそのまま生かされた茶飯に仕上がっており、蔵人は、おもわぬ美味に舌鼓《したつづみ》を打った。

新しい味との出会いは、蔵人に、

（探索が終わったら、皆と梅茶飯を食いにくるか）

とおもわせるほどの、満足しきったものであった。

昼飯を終えた蔵人は、覚念寺へ向かって歩をすすめた。道に沿って覚念寺の白い塀が、堤まで延びていた。

（隅田川側といい、寺島村の渡船場から連なる道筋といい、これでは人の出入り

を拒否している、としかいいようのない造りではないか）

　蔵人は、立ち止まった。あらためて、しげしげと覚念寺の風景を目に留める。斬り込んだときの退路を、探すための行為であった。

　どうやら外へ通ずる道は総門と裏門、それと、まだ確認されていない隅田川へ通じる隠し門。それしか、おもい当たらなかった。退路がない、ということは、三方から押し包めば逃げ場がない、ということに通じる。

（覚念寺の悪事の証拠を摑んだら、火付盗賊改方全員、それで足りなければ寺社奉行の面々を動かして攻め込むのが一番の策かもしれぬ）

　次の瞬間、蔵人はその思案を強く打ち消していた。裏火盗は蔭の組織である。できうる限り、すべてを秘密裡《り》に落着する。任務を遂行するときの心得のひとつといえた。

　そろそろ橋場へ渡る舟が出る刻限であった。蔵人は、寺島村の渡船場へ向かって踵《きびす》を返した。

　小石川小日向水道町の乾物問屋丸屋に蔵人が着いたのは、昼の七つ（午後四時）過ぎであった。

周囲に視線を走らせて、仁七の姿を追い求めたが、見あたらなかった。

(浜崎屋や越前屋の探索に手間取っておるのかもしれぬ)

そうおもいつつ蔵人は、丸屋の前に立った。

入口で張番をしている番太郎に、相田への取り次ぎを頼むと、蔵人の到来を待ちかねていたかのように、そそくさと相田が出てきた。

「死体は、もう運び出しました。三日連続で押し込むなんて、夜嵐の重助一味は鬼です。何としても捕らえてみせまする」

蔵人の顔を見るなり、鼻をひくつかせて拳を握りしめた。

相田に案内された屋内は、酸鼻《さんび》を極めていた。壁には血が飛び散り、夜嵐の重助一味が悪逆の限りを尽くしたことは、明白であった。

「以前押し込まれた浜崎屋、越前屋以上の酷《むご》たらしさでございました」

刀で腹を刺し貫かれて、壁に釘付けにされた丸屋の若旦那の目の前で、盗っ人どもに凌辱《りょうじょく》されたらしく、全裸に剝《む》かれた二十歳《はたち》前とおもわれる新妻が、女陰《ほと》を腹まで切り裂かれて絶命していた。その新妻の血塗れの肉壺に〈夜嵐重助〉と焼き印された木札が押し込まれていた、という。

「現場に手掛かりは」

「それが何一つ残っておりませぬ。石島さまも、これほどまでに荒れ狂う者たちの集まり、とかく一味の統制は乱れがちになり、かなりの手掛かりを残すものだが、夜嵐の一味は違う。夜嵐の重助は一味に鬼の規律を強《し》いているのであろう、と半ば感嘆気味でございました」

相田の言葉は、蔵人にあることをおもい出させた。蔵人に捕らえられ、嚙まされた猿轡《さるぐつわ》を歯で嚙み裂いて、舌を嚙み切った浪人のことであった。

（鬼の規律か。あの浪人、夜嵐の重助とかかわりがあったかもしれぬ）

だとすれば、夜嵐の重助と小身旗本たちの御扶持召放しの謀略を画する水野監物、斎藤主膳ら一派との間に、何らかのかかわりがあることになる。

（夜嵐の重助の実体、何としても暴《あば》かねばならぬ）

蔵人は、どこかに見落としはないか、と細かく探りつづけた。が、見回った屋内からは、相田のいうとおり何の手掛かりも、見いだせなかった。

外へ出た蔵人は、覚念寺の張り込みをどういう手順で行うか、考えていた。

蔵人は、多聞を、留守を預かる者として貞岸寺裏の離れ家に待機させておきたかった。人手があまりにも足りなかった。

松岡と柴田は、覚念寺を張り込む、いまの任務から外すわけにはいかなかった。

晋作を大口屋近くの、張り込みのために借りた貸し店に泊まり込ませ、晋作の睡眠の時だけ、木村に見張りを交代させるというやり方しかあるまい、と蔵人は考えていた。


水月へ入った蔵人を、仁七がいつになく興奮した顔付きで出迎えた。神田川沿いの、いつもの座敷に蔵人を招じ入れた仁七は座るなり口を開いた。

「手掛かりがありやしたぜ」

「覚念寺と押し込まれた商家が繋がったか」

蔵人は、こころに渦巻いていた推測を口にしていた。仁七は、息を呑み、驚愕《きょうがく》を露《あら》わに、しばし蔵人を見つめた。

「旦那、分かってらしたんですか、探れば繋がるに違いないと」

「いや。そうなればいい、と願っていただけだ。聞き込みの結果を聞かせてくれ」

仁七は、浜崎屋の近所を聞き込みに歩きまわった。近所の蕎麦屋《そばや》の亭主が、かなりくわしく浜崎屋のことを知っていた。浜崎屋の主人は大の蕎麦好きで、客を連れてはよくその蕎麦屋に出向いてきたという。お内儀は、昔馴染みの湯島天神下の裏店に住む、お半という髪結《かみゆ》いに通ってもらい、髪を調《ととの》えてもらっていた、と聞き込んだ仁七は、湯島へ向かった。

仁七は、裏店《うらだな》にいたお半に小銭を握らせ、お内儀の愚痴話を聞きだした。

「浜崎屋の主人は、数年前からにわかに信心深くなって、覚念寺に多額の寄進をしていたそうで、ほどほどにしてほしい、とお内儀がこぼしていたそうです」

「覚念寺に多額の寄進をしていたのか」

「それやこれやで今日は、浜崎屋の周りしか聞き込めませんでした。明日から越前屋、丸屋と聞き込みをつづけやす」

「頼む。仁八のお蔭で覚念寺の隅田川側に隠された船許《ふなもと》らしきものを見出した。おれは、今夜は橋場町の百姓渡しの近くへ、張り込みに出かける。後のことは書面にしたためた。多聞さんに、その書状をすぐにも届けてほしい」

蔵人は、推測が次第に形をなしていくことに、大きな手応えを感じていた。

四

橋場の渡船場のそばに茶店があった。近くに真崎稲荷や、橋場神明とも呼ばれる朝日神明宮などの古社が控えているためか、このあたりも川魚料理などを供する店が散在していた。この茶店も、二階の座敷で川魚料理を食べさせていた。

蔵人は、茶店の亭主に、

「ここの川沿いの景色が気に入った。この家の二階の川沿いの座敷を借りたい。ただし、昼間はぶらぶらと出かけるゆえ、昼は、客を入れてもよい。出入りするのはおれと、おれの知り人の二人か三人じゃ」

そう申し入れ、先払いで一分銀《いちぶぎん》を握らせた。

四枚で一両と同じ価値になる、一分小判とも呼ばれる一分銀の効験はあらかたで、茶店の亭主は、

「ご自由にお使いください」

と、二つ返事で引き受け、

「座敷代は先払いにてお願いいたします」

と、付け加えることも忘れなかった。

蔵人はその夜、座敷の障子を細めに開け、覚念寺を見張りつづけた。が、白々と夜が明けそめるころになっても、覚念寺の板塀《いたべい》が開くことはなかった。夜嵐の重助一味の暗躍は、夜中に限っていた。また、密かに造られた船許であれば、人

が出歩く昼日中や薄暮《はくぼ》、払暁《ふつぎょう》に、舟が船瀬へ出入りするための門扉《もんぴ》が開くことはないはずであった。

明六つ（午前六時）、東の空が白むのを見届けた蔵人は、貞岸寺裏の離れへ戻った。蔵人は、休むことなく、稽古着に着替え、胴田貫を打ち振り、日々欠かしたことのない鍛錬を始めた。

蔵人にとって、日々の鍛錬は、己の命を守るための手段《てだて》以外の何ものでもなかった。

（己より強い敵に出会ったときは、死ぬことになる。それが定めの任務に、おれはついていているのだ）

胴田貫を打ち振り、鞍馬古流につたわるさまざまな技を修練する。蔵人の前方に立ちふさがるのは、斎藤主膳の巨軀《きょく》であった。斎藤の幻が、そこに現実に存在しているかのように、蔵人には感じられた。蔵人が振るう胴田貫の動きにつれて斎藤の刀技も変化し、勝負がつかぬまま稽古が終わる。それが、このところの常であった。

今日も、主膳の幻影との勝負はつかなかった。この結果は、いまの蔵人には、斎藤に勝つための秘策がないことを意味していた。

稽古を終えた蔵人に多聞が声をかけてきた。多聞は、蔵人が稽古を終えるのを待っていたとおもわれた。

「御頭《おかしら》の稽古は、さながら真剣勝負のようでございますな。声をかけるのが憚《はばか》られるほどの気迫でござった」

多聞のことばに、蔵人は、ただ黙って微笑《ほほえ》んだだけだった。

多聞は、

「委細は座敷で」

と蔵人を促した。

小袖に着替えた蔵人と多聞は、座敷で向かい合った。蔵人は多聞に、覚念寺の隠し船許と思われるあたりの板塀を見張るために、橋場の渡船場近くの茶店の二階の座敷を借りたことを告げ、茶店の場所を教えた。

「身共《みども》と木村で十分でございます。御頭には、御頭としての役分がございましょう」

日頃温厚な多聞が頑強に言い張った。仮の姿の町医者の仕事を休み、大口屋を張り込む晋作、木村の三人で時間を配分すれば、何とかなると主張した。

蔵人は、多聞の主張を受け入れた。

「皆に無理をさせる。すまぬ」

蔵人は、膝に手を置いて深々と頭《こうべ》を垂れた。

「なぜ頭を下げられる。結城殿、あなたはわれらが御頭でござるぞ。無用な斟酌《しんしゃく》、向後はお止《や》めくだされ」

凛《りん》とした多聞の声音《こわね》であった。

蔵人は、顔を上げた。

多聞が、厳しい眼で蔵人を見据えている。

蔵人は、己がいまだ、一軍の将としての精神《こころ》を持ち得ていないことにおもい至って、恥じた。

長谷川様なら、どう対処されるであろうか。そう考えたとき蔵人は、平蔵が与えてくれた鑑札のことをおもいだした。

鑑札は、平蔵が人足寄場の役務で手がまわらぬときは、平蔵と同様の権限を蔵人に与えるためのものであった。そこには、任務を託したものに対する絶大な信頼があった。

(おれは、まだ皆を信じきっていなかったのかもしれぬ。おれがやる。おれがま

ず先頭に立つ。死ぬのはおれ一人でよい、とただそのことだけを考えていたのかもしれぬ。一人では何もできぬ）

そう胸中で呟《つぶや》いていた。

「多聞さんのいうとおりだ。裏火盗の頭としてのおれの役割、指令役と、決めた。無理をいうが、頼む」

「それが御頭の物言い、物腰でござる。最後はただ一言、おれと共に死ね、と下知されればよい」

「多聞さん」

多聞は背筋を伸ばし、姿勢を正した。

「不肖《ふしよう》、大林多聞、覚念寺の隠れ船許の張り込みを、今夜より始めまする」

蔵人は、無言で頷いた。

その日、蔵人は、文机に向かい、ことの成り行きについて巻紙に書き連ねた。書いては、どこかに見落としはないか、とあらためる。

朝方、仁七がやってこなかったことから推断して、昨夜は、夜嵐の重助一味は出没しなかったとみるべきであった。

昨夜、蔵人は橋場の茶店の座敷で張り込んでいた。隠し船許とおもわれるあたりに何の動きもなかったことは、蔵人自身が確かめていた。

はたして隠し船許が存在するかどうか、定かではない。が、蔵人は、必ず存在すると断じていた。

夜になって仁七が蔵人を訪ねてきて、越前屋と丸屋の聞き込みの結果を復申《ふくしん》した。いずれの店も、主人が数年前から覚念寺の住職道心の説法に傾倒して、蓮華加持が催される折りには、必ず覚念寺へ出向いて泊まり込み、巨額の寄進をしていたという。お内儀の髪を調《ととの》えに出入りしていた髪結《かみゆ》いからの聞き込みで、これらのことが、判明したのであった。

「仁七、よくやった。蓮華加持で、覚念寺と夜嵐の重助一味が繋がったな」

「旦那が、お内儀のところへ通ってきていた、髪結いから聞き出すのがよかろう、とおっしゃってくださったことが、聞き込みがうまくいったきっかけで」

と、仁七が唇を歪《ゆが》めて、薄く笑った。この笑みを浮かべると、過去の稼業で培《つちか》われた、仁七のなかの凶悪なものが剝《む》き出しになる。

「最初に押し込みに入られた浜崎屋も、蓮華加持に加わっていた一人であろう。蓮華加持に参加していた商人どもが、何らかの理由で覚念寺から離れていった。

そのため利用価値がなくなった商人どもを、獲物と狙って押し込んだ、とみるが」

「たぶん蓮華加持を重ねるうちに商人の家々へ出入りし、内部《なか》の様子を探ったんでございやしょう」

「蓮華加持に参加していた商人どもが、相次いで狙われるかもしれぬ。その商人ども、どうやって探り出すか」

よい知恵が浮かばぬのか、蔵人が首を捻《ひね》った。

と、仁七が、はっ、として、

「聞き込みの報告にすっかり夢中になって、大切なことを忘れておりやした。留守の間に、水月に、石島さまから書付《かきつけ》が届いていましたんで」

慌てて、懐《ふところ》から書付を取り出した。

受け取った書付を読む蔵人の顔が驚愕《きょうがく》に歪んだ。書付には、こうあった。

「御頭様より結城殿への伝言あり。昨夜、旗本一千石書院番、池谷小一郎殿が辻斬りにあい、中間《ちゅうげん》もろとも幹竹割《からたけわり》に頭を断ち斬られ、絶命された由《よし》。刀も抜かずの不首尾ゆえ池谷家は改易《かいえき》とみらるる、とのこと。石島」

書付を折り畳みながら、蔵人は思案に暮れていた。

（幹竹割は斎藤主膳が得意とする技ではないか。もし、斎藤の仕業だとしたら、なにゆえ辻斬りなどを）

辻斬りが生み出した、旗本の改易という結果は、御扶持召放しと同じ意味合いを持つのではないのか。ならば、より手軽に旗本たちの知行地を召し上げる手段として、斎藤自身が直接手を下すことも、あり得ない話ではなかった。

（斎藤にも見張りをつけねばならぬ）

そう判断して、蔵人が告げた。

「仁七、おれと一緒に斎藤主膳を張り込んでくれ。できれば今夜から始めたい。夜嵐の重助の動きから見て、連夜の辻斬りがなされる確率は高い」

「ようがす。やりやしょう。辻斬りと押し込みは夜出るもの、と相場が決まっておりやす」

血が騒ぐのか、仁七は、さも楽しげなさまを己が面《おもて》に浮かび上がらせた。

五

斎藤主膳の屋敷は、御竹蔵の大屋根が間近に聳《そび》える本所横網町《よこあみちょう》にあった。一帯には旗本屋敷が建ちならんでいる。

蔵人は深編笠をかぶっていた。界隈の色里へぶらりと遊びに出た、遊冶郎《ゆうやろう》の武士といった形であった。その仲間の遊び人といった様子の仁七は、水月で包丁を握っているときと違い、昔取った杵柄《きねづか》で、やくざな渡世の者としか見えなかった。

宵の五つ（午後八時）過ぎ、屋敷町のこのあたりでは、人通りがほとんどなかった。

蔵人と仁七は物蔭に身を潜《ひそ》めた。幸いなことに星一つない夜の闇が、二人の姿を覆い隠した。

「旦那、ここで立ちんぼをやっていても仕方がねえ。あっしが一つ、斎藤主膳の屋敷を探ってきやしょう」

「できるか、仁七」

「結城の旦那、あっしは雁金の仁七と二つ名を持つ、盗《ぬす》っ人《と》仲間じゃ鳴らした男ですぜ」

にやり、と不敵な笑みを洩らした仁七は、身軽な動きで蔵人のそばを離れた。

闇に溶け込んだ仁七の、足音一つ聞こえなかった。

ほどなくして、仁七が戻ってきた。深編笠をかぶった長身の武士が裏門から出るところだという。塀《へい》の屋根に身を伏せ、屋敷内を窺《うかが》っていた仁七は、深編笠を手にした巨軀《きょく》の武士が座敷から濡れ縁へ出、庭づたいに裏門にあたる潜門《くぐりもん》へ向かうのを見届けていた。巨軀の武士は、斎藤主膳に違いなかった。

蔵人と仁七は、潜門へ身を移した。

折しも、深編笠をかぶった斎藤が潜門から出、悠然と歩みをすすめたところであった。

「あっしがつけやす。旦那は、あっしから少し離れて、ついてきてください。つまり、二段構えという奴で」

「それも盗っ人時代に身につけた知恵か」

仁七は蔵人を見返って、にやりと、ほくそ笑んだ。

「まっとうな世界じゃ、あまり役に立つともおもえねえ知恵ですがね」

蔵人も、おもわず笑みを返していた。

「無理するな。危なくなったら駈け寄る」

「それじゃ」

裾をからげて、仁七が歩き出した。ぶらぶら歩きの遊び人といった風情であった。

斎藤が行き、仁七が行く。さらに仁七の後を蔵人がつける。

蔵人は、斎藤が連夜の辻斬りを行わんとする理由を、胸中で探りつづけていた。

覚念寺で、斎藤、道心、大口屋徳蔵を交えて行われた密談は、夜嵐の重助一味の相次ぐ押し込みと、主膳が行う連夜の辻斬りについての打ち合わせ、と見るべきであった。

道心が夜嵐の重助とかかわりがあるのは明らかだった。いや、道心が夜嵐の重助である場合もあり得るのだ。斎藤主膳の役割は、はっきりしていた。水野監物の代理人であり、辻斬りの実行役でもあった。大口屋徳蔵は、何のために密談に加わったのか、もうひとつはっきりしなかった。資金の調達役、という可能性もあった。

蔵人は、あることをおもい起こした。蓮華加持であった。

（大口屋徳蔵は、蓮華加持で商人たちに供する、武家の妻女の手配にかかわることを打ち合わせたに相違ない。近々、必ず蓮華加持が行われる）

蔵人の黙考は、さらにつづいた。

急ぎ盗みに辻斬り。残虐極まる事件が、将軍家お膝元の江戸御府内で間断なく発生した場合、時の治世を束《たば》ねる老中、治安を預かる南北両町奉行所、火付盗賊改方の責任が追及されることは、必至であった。

（奴どもが狙うは老中松平定信様、火付盗賊改方長谷川平蔵様の失脚に違いない）

だとすれば、そのことだけは、何としても阻止しなければならない。

斎藤は両国橋を渡り、柳橋を渡りきったところで立ち止まった。神田川が隅田川に流れ込むあたりを眺めている。

が、仁七は、主膳が尾行に気付いた、と見抜いていた。仁七は、まだ柳橋の手前の廣小路寄りにいる。仁七はとっさの判断で下柳原同朋町《しもやなぎわらどうぼうちょう》と吉川町の間の通りに向かって左へ折れた。町家の蔭に身をひそめて、様子を窺う。斎藤は、まだ橋のたもとにいた。

仁七は身動きがとれなかった。そのとき蔵人が、柳橋廣小路から右へ曲がって、姿を現した。仁七は大きく手を振った。動きから見て、蔵人は、仁七に気付いたようだった。仁七は柳橋を指差し、顔の前で手を振った。

蔵人は深編笠の縁に手を当て、角度を直すかのような所作で、縦に下ろした。仁七の合図に対する、分かった、との返答のしるしであった。

斎藤は、つけてくる者はいない、と判断したのか、橋のたもとから離れ、歩き出していた。蔵人は、ゆったりとした足どりで、斎藤を尾《つ》けていく。

池田信濃守の上屋敷の脇道へ入った斎藤は、脇目も振らず歩いていく。

大名の上屋敷、大身旗本の屋敷がならぶ一画であった。人っ子一人、通っていない。

松浦《まつら》肥前守の上屋敷を通り過ぎたあたりで、斎藤の歩みがゆったりとしたものに変わった。つけてきた蔵人にも、斎藤が腰の刀の鯉口《こいぐち》を切るのがわかった。

(狙う相手が来たのか)

蔵人も、いつでも刀を抜けるように、ゆっくりと鯉口を切った。

前方から提灯《ちょうちん》を提《さ》げた中間《ちゅうげん》と番士らしき中年の、羽織袴《はおりはかま》をきっちりと身につけた侍が歩いてきた。その様子から見て、何らかの公用で出向いた後の帰路と見てとれた。

斎藤主膳の動きに、躊躇《ちゅうちょ》はなかった。

さりげなく中間と侍へ近づくや、抜く手も見せぬ早業《はやわざ》で、中間の右の脇腹から左の腋へと逆袈裟《ぎゃくげさ》に切り裂き、そのまま振り上げた刀で侍を幹竹割《からたけわり》に叩き斬った。

侍は刀の柄《つか》に手をかけるのが、やっとであった。かすかな呻《うめ》きを発して、どう、とばかりに倒れ伏した。

　蔵人は刀を抜き放ち、小走りに斎藤へ迫った。斎藤の動きは、蔵人の予断の埒《らち》外《がい》にあった。躰《からだ》を捻《ひね》りざま跳躍し、空中で躰の向きを反転させた。

　巨鳥が宙を舞うのに、似ていた。

　飛び降りざま、大刀を振り下ろした斎藤の一撃を、蔵人は飛び退《しさ》って、避けた。が、駈け寄った蔵人の見切りには、斎藤が跳躍して迫ったことで、わずかな狂いが生じていた。

　蔵人の深編笠の前面が斬り裂かれ、蔵人の顔が剝《む》き出しになった。

「おのれは、武州玉井村山中で出会った浪人。ここで勝負をつけてくれる」

　低く吠えるや斎藤の大上段からの幹竹割が、凄まじい風切音とともに蔵人を襲った。

　蔵人は、胴田貫で下から受けた。

　まさしく、力負けであった。痺れて刀を取り落としかねない衝撃が、蔵人の両腕を襲った。

　合わせた大刀を力任せに押し下げ、蔵人の肩口に刃《やいば》を押し当て、斬り裂こうと、さらに力を籠《こ》めた斎藤の顔が深編笠のなかにあった。

（斬られる）

そう感じたとき、蔵人は刃を合わせたまま、数歩後退《あとずさ》りした。命を守らんがための、反射的な動きであった。

斎藤が大上段に刀を振りかざし、蔵人に、さらなる追撃を加えんとした。

その瞬間――。

「辻斬り。人殺し」

との、わめき声が、蔵人の後方で上がった。仁七の声音《こわね》であった。

斎藤は苛立《いらだ》たしげに舌打ちを鳴らした。踵《きびす》を返し、侍と中間の骸《むくろ》を飛び越え、彼方《かなた》へ走り去った。

蔵人に駈け寄った仁七が、呻《うめ》くようにいった。

「まさか、旦那が」

負けるとは、と言いかけて呑み込んだ仁七の言葉を、蔵人が引きついだ。

「負けた。斎藤は強い。まともにやりあっては勝てぬ」

蔵人は深編笠を脱ぎ、斬り裂かれたあたりを、凝然と見つめた。

第七章　陥《かん》　穽《せい》

一

　貞岸寺裏の住まいへ戻った蔵人は、斎藤が断ち斬った深編笠に見入った。斬り口を仔細《しさい》に調べた蔵人は、うむ、と唸《うな》った。

　斬り跡が、実に滑らかであった。材質は違うが、絹の滑らかさを連想させた。このことは、大刀を振り下ろす速度が並はずれて速いことを意味する。

　蔵人を攻撃すべく、振り向きざま、半回転しながら跳躍した、巨軀《きょく》を自在にあしらう斎藤の、猫に似たしなやかな動きが、脳裡《のうり》に浮かび上がった。

　その動きに、武州玉井村山中で見せた、斎藤の軽やかな動きが重なった。鈴木兵庫介の若党高木藤太郎が、胸板を刺し貫かれながらも、死力を振り絞って検見《けみ》桝《ます》を空高く放り投げたときの所作であった。

斎藤主膳は高々と宙へ飛び、落下する検見桝を両断した勢いそのままに大刀を振り下ろして、松岡の頭頂を断ち割らんとした。その刀を、横合いから割って入った蔵人が、跳ね上げて、主膳の斜め後方へ跳んだ。蔵人は、このとき、逃げ去るときに備えて、退路にできるだけ近い、細流を背にした位置へ回り込み、主膳の攻撃に備えている。

（迂闊《うかつ》だった）

と胸中で、蔵人は呻《うめ》いた。

武州玉井村山中での斎藤は、横合いからの、蔵人の突然の攻撃にあい、さらなる攻撃に備えて、瞬時に大刀を返したに違いなかった。その証《あかし》に、あのときの斎藤の刀には、今夜斬り結んだときの、落下してきた巨岩を受け止めたような重さは、少しも感じなかった。

一度斬り結んだにもかかわらず、相手の太刀筋を見抜けなかった不覚。その元となったものを、蔵人は、斎藤との二度にわたる戦いの動きから、見出そうとしていた。

斎藤が、武州玉井村山中で次なる攻撃を仕掛けて来なかったのは、なぜか。蔵人の、深く沈んだ下段の構えから逆袈裟《ぎゃくげさ》に摺《す》りあげた剣先が生み出す、石礫《いしつぶて》と化した小石の攻撃が功を奏したとはおもえなかった。

蔵人は、剣戟《けんげき》の場となった武州玉井村の山中の地形を思い起こしていた。

蔵人は、細流を背に下段に構えていた。斎藤は高々と大上段に大刀を振りかざしていた。

斎藤の立つ位置は、蔵人の位置する川辺からなだらかに盛り上がったところだった。蔵人が、さらに切っ先で小石を飛ばし、地を摺って駈け上って、重ねて下段からの攻撃をくわえた場合、主膳の反応はいかなるものであっただろうか。

斎藤が、得意の大上段からの幹竹割《からたけわり》の大技を振るったかどうか。

蔵人は、斎藤の大上段からの攻撃を擦り抜けて、攻撃をくわえた場合のことを想定してみた。蔵人の立つ位置が低い分、主膳が振り下ろす刀が蔵人の躰《からだ》に到達するまでの時間は、平地で対決したときより、わずかに遅れることは明らかであった。

(その時間差が生じることを、武州玉井村のあの場で斎藤が見極めた、とすると、その剣技、さらに恐るべし)

であった。

が、ここに、蔵人は一つの光明を見出してもいた。斎藤主膳の剣を撃ち破る秘策のもととなるものが、ここに在る、との確信を得たからであった。

蔵人は、思考を重ねるうちに、いつしか寝入っていた。眠りのなかで蔵人は、斎藤と対決していた。下段から摺り上げた大刀が主膳の腰に触れたとき、主膳の剣は蔵人の背を斬り裂いていた。

何度も同じ夢を見つづけた蔵人が目覚めたのは、冬の陽が朧《おぼろ》にその存在を示し始めたころであった。

吹き荒ぶ風が雨戸を叩いている。

蔵人は稽古着に着替え、胴田貫を手に外へ出た。

裸足の足に霜柱が食い込んだ。が、痛みは感じなかった。蔵人の目の前には、すでに斎藤がいた。蔵人は、意識が映し出した斎藤の幻像と対峙した。斎藤は、すでに刀を大上段に振りかぶり、冷ややかに蔵人を見据えていた。


蔵人が、日々の鍛錬を終えるのを見計らったように、多聞の心づくしの朝餉《あさげ》が、温められた茶とともに、住まいの勝手の板敷に置かれていた。

蔵人が住まいにいるときは、毎朝繰り返されていることであった。

汗にまみれた稽古着を小袖に着替えた蔵人は、朝餉の箸を手にとった。

朝餉は、一汁一菜の質素なものであった。田螺《たにし》の味噌煮が膳に添えられていた。田螺は蔵人の好物でもあり、多聞特有の甘味をおさえた味が、田螺の旨味を引き出していた。蔵人は、多聞の情の味をも嚙みしめながら、ゆっくりと田螺を味わった。

食事を終え、膳を片付け終わったとき、頃合いを見計らったかのように蔵人を訪ねてきた意外な人物がいた。

石島修助を連れた長谷川平蔵であった。

座敷に座るなり平蔵が、口を開いた。

「昼過ぎには佃島の人足寄場へ渡らねばならぬ。是非にもつたえたいことがあって、まかりこした」

「大口屋徳蔵の調べのことでございますな」

応じた蔵人に、平蔵が、

「昨夜、御老中松平定信様より至急の呼び出しがあってな。仔細《しさい》を承《うけたまわ》ってまいった」

「やはり、大口屋には何らかの秘密が？」

「それがないのだ。三代将軍家光公のころに、大口屋の先祖が御公儀御用達の札《ふだ》差《さし》として認められた。さして大きな扱い高ではなかったが、以後、地道に商いしてきた模様であったそうな」

蔵人は、平蔵の物言いに、何かわだかまるものがあるのを感じとっていた。

平蔵が、つづけた。

「大口屋が商い高を増やしてまいったのが十年ほど前だ。徳蔵に代替わりして数年目といったところらしい」

「商いの高を伸ばすにはそれなりの理由《わけ》があったはず。徳蔵め、どのような手立てをとりましたのか」

「小身旗本、御家人たちの貧窮に付け込みおったのよ。扶持米《ふちまい》の扱いを大口屋に変えていただければ、御必要な金額を先払いにてご融通いたします、と甘言《かんげん》を弄《ろう》してな」

小身旗本、御家人たちの貧窮ぶりは、蔵人自身、よく知っていた。決められた扶持以外、収入の途《みち》がない小身旗本、御家人たちは競って内職に励んだ。傘張りの内職などを個人的に引き受け、糊口《ここう》をしのいでいるというのが現実であった。

「大口屋に小身旗本、御家人どもを紹介したのが誰だと思う？」

平蔵が返答を促して、蔵人を見やった。

「水野監物、でございますか」

「そうよ。水野監物め、そのころより若年寄就任にむけての動きを、水面下で始めておったそうな。幕閣の要人たちに、多額の金銀をばらまいていたとの噂もある」

「水野監物は武州茅場藩二万五百石の藩主。さして内情が豊かとも思えませぬが」

「そのことよ。なぜか水野、金があるそうな」

平蔵は皮肉な笑みを片頰に浮かべ、ことばを重ねた。

「下世話な物言いになるが、金を手にするには、［稼ぐ］［借りる］［もらう］［盗む］の四通りの方法しかないとわしはおもう」

「長谷川様は、水野監物は［盗んで］金を我が物にしたとおもっていらっしゃるのでは」

「それ以外に、考えられまい。石島、夜嵐の重助が盛んに盗みを働いたは何年ほどまえであったかの」

石島が懐《ふところ》より何やら書きつけた書面を取りだし、あらためた。

「十数年前から七年前、盗み出した金が数万両に及ぶとも言われております」

「仁七《にしち》から聞いたところによれば、以前の夜嵐の重助の盗みは、［盗みはすれど非道はせず］と、まことに鮮やかな、盗《ぬす》っ人《と》の鑑《かがみ》というべきものであったとか」

傍《かたわ》らから告げた蔵人に、平蔵が、

「盗っ人の頭目が、何らかの理由で代わったとは考えられぬか。死ぬか」

「殺されたか。今のお話をうかがった上で組み立てた私めの推測と、長谷川様の推測が、外れておらねばの話ですが」

「わしは、夜嵐の重助は、水野の家臣か、もしくは息のかかった者と考えておる」

「如何様《いかさま》。私もそう考えておりました。いかに御家のためとはいえ、これ以上の盗みはできませぬ、と訴えた家臣を水野が成敗したのかもしれぬ、と」

その場を重苦しい沈黙が支配した。

ややあって、平蔵がくだけた口調でいった。

「石島、わしが結城に渡した鑑札を見たであろうの」

「は。しかと」

「鑑札に書いた通りだ。結城の指示、わしの命令とおもうて従うのだ。よいな」

「御指図のほど、しかと承りました」

石島が畳に手をつき、拝命の姿勢をとった。

蔵人は、平蔵の細やかな心遣いに、あらためて感じ入っていた。

二

「斎藤主膳の後を尾《つ》け、辻斬りの現場に出くわしましたが、不覚をとり取り逃がしてしまいました」

蔵人の言葉に、平蔵は首を傾《かし》げた。ややあって、

「斬り殺されたのは誰か、調べておく」

とだけいい、

「佃島へ渡る時間が迫っておるでな」

と、腰を上げた。

「本湊町の揚場までお見送りいたします」

との、蔵人と石島の申し出を固辞した平蔵は、一人、貞岸寺の離れを去っていった。

蔵人は石島に、押し込まれた浜崎屋、越前屋、丸屋の主人たちが覚念寺の蓮華加持に参列し、多額の寄進を行っていたこと、蓮華加持が武家の妻女を江戸の富裕な商人たちが弄《もてあそ》ぶ淫《みだ》らな催しであること、覚念寺に大口屋徳蔵が出入りしていることなど、探索の結果、知り得たことをすべて告げた。

「よく探索なされましたな」

蔵人の話を聞き終えた石島は、呻《うめ》くようにいった。先を越された口惜《くちお》しさが言外に滲み出ていた。

(存外、負けず嫌いらしい。これが、後々、災いの種にならずばよいが)

そんなおもいが蔵人の胸中をよぎった。

「石島殿。『夜嵐の重助一味に押し込まれたのは、覚念寺の蓮華加持に参加していた商人たちばかりだ。ついては、覚念寺の蓮華加持に参加しているとおもわれる商人たちのことを知らぬか。噂でもよいが』と、江戸府内の大商人どもに、火盗改メ総動員で、派手に聞き込みをかけていただけぬか」

「覚念寺の者どもの耳に入るよう、大袈裟に仕掛けるのでございますな」

「さすれば、覚念寺の奴らが何らかの動きを示すかもしれませぬ。もっとも、確としたものはありませぬが」

「さっそく手配いたしましょう」

石島は、そういって帰っていった。


石島の動きは素早かった。その日のうちに、相田倫太郎ら火盗改メの面々が走り回り、数日のうちに、

「夜嵐の重助一味に押し入られた店の主人たちは、覚念寺で催されている蓮華加持に参加していた者たちだ」

との噂が彼方此方《あちこち》で囁《ささや》かれるようになった。

この間、蔵人たち裏火盗の面々の張り込みは休むことなくつづけられていた。

(必ず動き出す)

との確信が、蔵人にはあった。

覚念寺が動き出した。

相田らが走り回った日から数えて十日目、十数挺《ちょう》の町駕籠《まちかご》が覚念寺へ入っていった。まもなく、空駕籠とはっきり分かるほど、駕籠かきどもが動きも軽く、覚念寺から出て、去っていったところをみると、大口屋が手配した武家の妻女たちを乗せた町駕籠と推測された。

その後、松岡が張り込む河岸道《かしみち》を、夕闇が迫るのを待ちかねたかのように、町駕籠が通り過ぎ、次々と、覚念寺の総門へ吸い込まれていった。数えて十数挺。大口屋から来たとみられる、武家の妻女を乗せた町駕籠と同数であったところから推し量《おしはか》って、覚念寺の蓮華加持に参加する商人たちの町駕籠に、違いなかった。

商人たちを覚念寺へ送り届けたとおもわれる空駕籠が、河岸道を江戸御府内へ戻っていった。それと行き違いに、松岡と交代すべく柴田がやってきた。

「柴田、やっと動き出したぞ」

柴田の顔を見るなり、松岡が興奮して声をかけた。

「声をかけるな。見知らぬ者同士と打ち合わせておったはずだ」

低い声で、柴田が叱るように言った。柴田は素知らぬ顔をして、むっと黙り込んだ松岡の傍《かたわ》らを通り過ぎていく。

「おれは、御頭に知らせに走る」

そっぽを向いたまま、柴田に聞こえるようにいった松岡は、早足で歩き出していた。

松岡から、

「十数挺の駕籠が二組、合わせて三十挺あまり、覚念寺へ入って行きました。おそらく、蓮華加持が催されるものとおもわれまする」

との知らせを受けた蔵人は、多聞《たもん》を訪ねた。

「多聞さん、今夜は動きがありそうだ。仁七に舟を出してもらい、隅田川と茶店から覚念寺を張り込むとしよう」

「わたしが、舟に乗りましょう」

「春間近とはいえ、夜の川は寒さもひとしおだ。おれが舟に乗る」

蔵人の言葉を多聞が遮《さえぎ》った。

「斟酌《しんしゃく》は無用でござる。御頭は下知を飛ばすが役目。すぐにも連絡がとれる処にいるべきかと」

蔵人は、無言で頷いた。

蔵人から話を聞いた仁七は、水月《すいげつ》の屋根船を用意した。火鉢を積み込み、多くの炭を用意したのは、多聞を気づかう仁七の心遣いであった。

「よろしく頼む」

と告げて、己が張り込む茶店へ出かけた蔵人のこころの底にあるものを、仁七は汲み取っていた。

仁七の操《あやつ》る屋根船が神田川から隅田川へ入ったころ、それまで重く垂れ籠《こ》めていた雲が切れて、月が顔を出した。星も煌《きら》めきを取り戻し始めている。

「月か」

多聞が、空を見上げていった。

「まさしく、嵐の前の静けさ、でござんすねえ」

「嵐の前か」

多聞が、低く呟《つぶや》き、川面《かわも》を見据えた。水の流れにまかせて、川面に映る月が、陽炎《かげろう》のごとく揺らいでいた。


覚念寺の対岸にある茶店の二階で、蔵人は座敷の窓の障子を細めに開け、覚念寺を見張りつづけていた。

夜半を過ぎても、何事も起こらなかった。一時《いっとき》は、薄雲をとおして、夜空にぼんやりと輝きの残滓《ざんし》をとどめいた月も、いまは存在すら失って、どこにも姿を見出せなかった。唯一、蛍火《ほたるび》をおもわせる多聞と仁七を乗せた、冬の夜釣りを装った屋根船の灯《あか》りだけが、闇のなかにあった。

まもなく、夜の八つ（午前二時）にならんとするころのことであった。その屋根船が、静かな動きを示した。やがて、大きく方向を変えた仁七の操る屋根船は、江戸湾に向けて進みはじめた。一見、漁場を変えたと見ゆる動きであった。が、覚念寺に何らかの異変が起こった結果のことだ、と蔵人にはわかっていた。

屋根船に乗った多聞と仁七は、覚念寺の裏門の潜門から、突然浮き出たかに見

えた武家娘に、おもわず顔を見合わせていた。

武家娘の放心したさまは、遠目でもよくわかった。帯をだらりと垂らし、よろ

めきながら堤《つつみ》へ向かって歩いていく。

「後をつけよう」

多聞の言葉に、仁七が逆らった。

「見張りは、どうしやす。覚念寺の奴らが仕掛けた罠かもしれませんぜ」

「御頭が茶店の二階で張り込んでおられる。不測の事態に備えるのが我らが役目。

罠も扱いようでは手掛かりに通じる」

多聞が、一度いい出したら梃子《てこ》でも退かない性格であることを、世慣れた仁七

は、はっきりと読みとっていた。

仁七は一言も答を返さず、武家娘の後を追うべく舟を回した。

堤を行く武家娘の動きは、魂の抜け殻としか見えなかった。

桜並木のどこぞの木の根元で、張り込みをつづけている柴田は、己が役目の何たるかを知り抜いているのか、気配さえ示さなかった。

武家娘の彷徨《ほうこう》はつづいた。

武家娘の動きに連れて、田畑のなかに忽然《こつぜん》と三囲稲荷《みめぐりいなり》の社の影が浮かび上がってきた。

「竹屋の渡しへ舟をつけてくれ。わしは陸へ上がる」

仁七は多聞にいわれるがまま、三囲稲荷の赤鳥居へ通じる、竹屋の渡しの船着場に屋根船をつけた。

魚籠《びく》と釣り竿を手にした多聞は、船着場に降り立ち仁七に、

「舟を戻して、覚念寺の見張りをつづけてくれ」

と言い置いて、武家娘の後を追った。

武家娘は定まらぬ足取りで、脇目も振らず歩いていく。夜釣りの帰り、といっ

た風で、多聞はゆっくりと歩をすすめた。

武家娘は、水戸家の下屋敷の前を通り過ぎ、堀川に架かる源森橋の真ん中で立ち止まった。じっと、水面を見つめている。

そのさまから、武家娘が水深を目測しているのは、明らかであった。しばし、身じろぎもせず川面を見つめていた武家娘は、大きく溜息《ためいき》をつき肩を落として、再び歩き出した。川沿いの道を行くと右手に長さ七十六間《けん》、隅田川を渡る吾妻橋がある。

吾妻橋の、隅田川の水深のもっとも深いとおもわれるあたりで、武家娘は欄干《らんかん》から躰《からだ》を乗り出し、身を投げようとした。

武家娘の躰は、欄干の上にもたれ掛かり、橋板の上からその足が浮き切って、落下は必至とみえた。

刹那《せつな》――。

魚籠と釣り竿を投げ捨てて駈け寄った多聞の両腕が武家娘の躰を、しっかと抱き留めていた。武家娘は、多聞の手を振り払おうともがいた。が、微動だにしない多聞の力を知ると、武家娘の躰から力が抜け落ちた。

「どんな事情があるかは知らぬが、死ぬには及ぶまい。身共はしがない町医者。

どこまで役に立てるかわからぬが、話を聞かせてもらいたい」

多聞の問いかけに武家娘は、嗚咽《おえつ》で応えた。

三

払暁《ふつぎょう》の空を見届けて、蔵人は茶店を出た。

蔵人の姿を見極めたか、仁七の操る屋根船もゆっくりと舳先《へさき》をまわして、隅田川を船足速く去っていった。

蔵人は、貞岸寺に帰り着くと己が住まいには戻らずに、多聞の住まいを訪ねた。途中、多聞が別行動をとったことを、仁七が屋根船の舷側《げんがわ》に下ろしていた簾《すだれ》を撥《は》ねて無人となった船内《なか》を見せ、知らせてくれていた。

蔵人の姿を見た多聞は、目配《めくば》せをして表へ連れ出した。武家娘をたすけた経緯《ゆくたて》を蔵人に告げた多聞は、

「こころも躰も、かなり傷ついているようだ。とても芝居をしているとはおもえん」

そういって、心底、武家娘を気遣ってか、眉を曇らせた。多聞は蔵人に、武家

娘の実体を見極めてほしい、と頼んだ。

蔵人に、否《いな》やはなかった。ただ、多聞の、武家娘に対する誠の気持が裏切られないことだけを祈った。

「結城蔵人殿だ。さる町道場で師範代を務めておられる。わしの隣人でもあられる」

座敷へ入るなり、多聞は武家娘にそういって、蔵人を引き合わせた。

武家娘は憔悴《しょうすい》しきったさまで頭を下げた。

着物の乱れこそ直してはいるが髪は乱れ、熱でもあるのか、顔がほの赤く染まっていた。

娘は、目鼻立ちのはっきりした、瓜実顔《うりざねがお》の美形であった。美形は、とかく冷たさを感じさせるものだが、こころから来るものか、この武家娘の容貌には可憐さが秘められていた。着痩せする質《たち》らしく、項《うなじ》から肩へかけての線には、娘らしいおぼこな外見に似ず、むっちりとした成熟した肉の香りが漂っていた。

顔立ちと躰の醸し出すものの違いに、蔵人は異質なものを感じ取っていた。が、それも一瞬のことであった。

蔵人は、軽く会釈を返し、胡座《あぐら》をかいて座った。

「まだ娘ごの名も聞いておらなんだ。教えてもらえるかな」

多聞の問いかけに、武家娘は重い口を開いた。

「雪絵と申します。父は四十俵三人扶持《ぶち》の家禄をいただく御家人でございます。仔細《しさい》あって父の名についてはお許しくださいませ」

「その雪絵どのが、何故《なにゆえ》身を投げようとなされたのだ」

蔵人が、口をはさんだ。

雪絵は、唇を噛みしめ黙り込んだ。

誰も、口を開こうとしなかった。

「無理に聞こうとはおもわぬ。ただ、雪絵さん、あなたを助け、何の事情も問い質《ただ》さず我が家へ連れ帰り、何くれと世話を焼く大林殿の真心に対し、失礼ではないかとおれはおもう」

静かだが蔵人の物言いには、多聞が、はっとするほどの冷ややかさが含まれていた。

雪絵は、それでも黙っている。

やがて、その目から一粒の涙が溢れ出て、こぼれ落ちた。

「口に出しても辛いほどの、辱《はずかし》めを受けましたゆえ」

「話したくない、といわれるのか」

蔵人は、あくまで、辛辣《しんらつ》であった。

「いいえ。お話しいたします。やんごとなき理由から私は、覚念寺の蓮華加持の手伝いを命じられました。ただのご奉仕とおもっておりましたが」

雪絵が、目頭を押さえた。蔵人は、話のつづきを促して、雪絵を見据えている。

多聞は、ことの成り行きに、困惑を隠しきれないでいた。

ややあって、気を取り直した雪絵が、ぽつり、ぽつりと話しだした。

「ただのご奉仕ではなかったのでございます。夜になり、私は大店《おおだな》の主人とおぼしき中年の男の世話をすべく、男の座敷へまかり出ました」

しかし、男の世話とは、夜伽《よとぎ》の相手をつとめることを意味していた。雪絵は抵抗したが無理矢理帯を解かれ、全裸に剝《む》かれた。

男は、雪絵にのしかかり、股間に己が躰を分け入らせ、凌辱《りょうじょく》のかぎりを尽くした。

が、男の肉欲は、雪絵の蜜壺を貪《むさぼ》りつくすだけでは終わらなかった。

「男は太い皮の鞭《むち》を取り出すと、私を床に俯《うつぶ》せに横たわらせ、背中を鞭で叩きつけ、あげく、鞭で打たれて裂けた肌に蠟燭《ろうそく》を垂らして……もう、お許しください。口ではいえぬほどの辱めを受けた私は、男がぐっすりと寝入ったのを見届け、覚念寺を抜け出したのでございます」

が、脱出はしたものの、このまま家へ戻れば身内に迷惑がかかるとおもった雪絵は、死を決意し、死に場所を求めて彷徨《さまよ》っていたのだという。

雪絵の項《うなじ》には、雪絵の話を裏付ける赤黒い鞭痕らしき疵痕《きずあと》が浮かび上がっていた。

雪絵の顔色は、異常なほど紅潮していた。必死に話しつづけた結果の興奮が生み出した赤みとは、微妙に違っていた。

「熱があるかもしれん。診《み》てしんぜよう」

雪絵の額に手を当てた多聞が、顔を引き締めた。

「すごい熱だ。鞭で打たれた痕が化膿しかかっているのかもしれん。まずは躰を休めることだ」

多聞は首を捻《ひね》り、ぼそりと独りごちた。

「朝の五つには患者が来る。この家には、診療の間を合わせて三間《みま》しかない。木村も戻ってくるし、ここでは落ち着いて休むこともできんな」

多聞の呟《つぶや》きを蔵人が引き継いだ。

「男独りの所帯。雪絵さんさえ、それでよければおれの家で休んでもらってもいい」

多聞の顔に安堵の色が広がった。

「この男は、色事については心配ない。そうなさい」

多聞の言葉に、雪絵は黙って頭を下げた。

蔵人の住まいへ移った雪絵は、床に横たわるや昏々《こんこん》と眠りつづけうなされつづけた。

高熱もなかなか下がらなかった。

蔵人は、

（しばらく動きはあるまい）

と踏んでいた。待ちの態勢にある、といってもよかった。

蔵人は高熱にうなされる雪絵の看病を、一昼夜にわたってつづけた。雪絵の額に載せた濡れ手拭いは、わずかの間に乾いた。

雪絵はうなされ、寝返りをうった。寝乱れてはだけた襦袢《じゅばん》から、雪絵の背中がのぞいた。その背には、腫《は》れ上がった鞭痕が痛々しく残っていた。

幸いなことに雪絵の看病に明け暮れた一日は、何事も起こらなかった。

雪絵の看病を始めて二日目。朝日が昇り始めたころ、蔵人は稽古着に着替え、胴田貫を手に庭へ出た。日々の修練を欠かすことはできなかった。いつ斎藤と刃《やいば》を合わせるか分からなかった。

（その日は、今夜かもしれぬ）

蔵人は、いまだ斎藤を撃ち破る秘策を見出していなかった。

蔵人は、この日は無心に胴田貫を打ち振った。

蔵人の鍛錬が終わるころ、仁七の足音が近づいてきた。仁七が来たところをみると、平蔵からの新たな知らせがあるに違いなかった。


仁七は、襖《ふすま》を細めに開け、横たわる雪絵を垣間見ると眉を顰《ひそ》めた。蔵人を振り返り、目で庭へ出よう、と促した。

蔵人と仁七は住まいの裏手にある林を抜けて、田畑《でんぱた》の広がるところへ出た。田畑の向こうに、吉原遊郭へ通じる日本堤《づつみ》が見えた。彼方此方《あちこち》に、吉原へ遊びに行く男たち相手の、葦簀《よしず》張《ば》りの茶店が点在している。朝は商売にならぬのか、どの店も葦簀に固く縄をかけ、表を閉ざして人の出入りを拒んでいた。

「長谷川さまからの伝言がありやした。先日、斎藤主膳に辻斬りを装って斬り殺されたは小姓組組下、市村治左右衛門《じざえもん》さま。四百石取りのお旗本だそうで」

「水野監物め、斎藤主膳に辻斬りを命じるときは、石高の多い旗本と狙いの筋を定めているようだな」

仁七はそれには応えなかった。さっきからいい出したくてうずうずしていた言葉を吐き出した。

「旦那、いいんですかい。あの女、覚念寺の奴らの回し者かもしれねえ」

「かもしれぬな」

「旦那ぁ、それじゃ旦那は」

「あの女、まだ信用できぬ。だがな、仁七」

蔵人は、不敵な笑みを片頬に浮かべた。

「雪絵と名乗る女が、もし覚念寺の奴どもの回し者だとしたら、敵の手の内で、ひとつだけわかったことがある」

「と、いいやすと」

「覚念寺の奴ども、いいや、夜嵐の重助一味といってもよいかの。奴どもは、火盗改メの他に正体の定まらぬ一党が、密かに探索しておることを察知しているはずだ」

「なるほど、奴らが、こっちの正体を探りにかかった、という読みですかい」

「探りにかかったということは、奴どもには我らの正体が摑めていない、ということになる」

仁七は、詰め将棋をしているかのような蔵人の思考に、いつしか引き込まれていた。

「仁七、頼みがある」

「何なりと」

仁七が腰を屈《かが》めた。

「四十俵三人扶持の御家人の娘で、名は雪絵。この者の所在のほど、確かめてほしい。急ぎの用だ」

「わかりやした」

いうなり、仁七は足を踏み出していた。

その日も、何の異変も起きなかった。蔵人は、なかなか高熱の下がらぬ雪絵の看病を、黙々とつづけた。

夜になって、仁七が訪ねてきた。雪絵の容態を気遣って見舞いに来た風を装おうためか、仁七の手には、精がつく、といわれる鯉《こい》が一匹提《さ》げられていた。

台所で鮮やかに鯉を捌《さば》く仁七を手伝おうとやってきた蔵人に、さりげなく仁七がささやいた。

「四十俵三人扶持、小石川御簞笥町《おたんすちょう》に住まいする御家人、飯塚左内《さない》さまの娘がここ数日行く方知れずになっているそうで。娘の名は雪絵」

どこで、どう調べたか、わずか半日のことである。仁七の探索網の広さに、蔵人は驚きを隠せなかった。

「早いな。たすかる」

「蛇《じゃ》の道は蛇《へび》、でさ」

仁七が、それが癖の、唇を歪《ゆが》めた笑みを浮かべた。

四

その夜、雪絵の意識は戻った。

「少しは食せねば、躰《からだ》が元に戻らぬ」

診察にきた多聞が、仁七の造った鯉の煮付けを食べさせた。食欲がないのか、少し箸をつけただけで横になった雪絵に、多聞が告げた。

「熱もだいぶ下がった。結城殿に礼をいわれよ。この二日間、夜を徹しての看病であったぞ」

「この御恩は、終生忘れませぬ」

雪絵が、蔵人を見つめていった。か細い声であった。

「気になさることはない。病《やまい》が治るまで、ゆるりと過ごされるがよい」

蔵人の言葉に、雪絵はただ頷き、夜着を引きあげて顔を覆った。夜着の下から、雪絵の嗚咽《おえつ》が低く洩れ聞こえてきた。


翌早朝、蔵人は胴田貫を打ち振っていた。ただひたすら大刀を振る。蔵人は、戦いが長時間に及んだ場合に備えての鍛錬に、いまの目的を切り替えていた。真剣の勝負の場合、大刀を操る速さのわずかな差が命取りになることを、蔵人は知っていた。

座敷に横たわり、寝入っていた雪絵は、風の吹き荒れる音に目覚めた。その音が、庭先から響いてくるのに気づいた雪絵は、起き出して濡れ縁に面した障子をかすかに開けて覗いた。

そこには、ただひたすら胴田貫を打ち振る蔵人の姿があった。

雪絵は、身じろぎもせず、修練をつづける蔵人にじっと見入っていた。

その日、蔵人は多聞に、

「久しぶりに外へ出て、見回ってくる」

といい置いて出かけた。蔵人は、多聞や木村、晋作《しんさく》らに、

「雪絵の前で任務の話はするな」

と固く戒《いまし》めていた。

さらに蔵人は、細かいことは多聞には洩らさぬ、とも決めていた。多聞の優しさと実直な性格が、いまは雪絵を全面的に信じる方向へ、多聞を動かしている、と感じていたからだった。

だからといって、蔵人は、多聞を信用していないわけではない。あくまで、多聞は裏火盗の副長であり、信頼できる配下でもあった。

蔵人の足は、水月へ向かっていた。そこには仁七に繋ぎを頼んだ石島修助が待っているはずであった。

蔵人が水月に着いて、しばらくしてから石島がやってきた。

「御用繁多《はんた》のため遅参してしまい、申し訳ない」

一応は頭を下げた石島だったが、その顔には、

（天下の火付盗賊改方与力を呼びつけるとは無礼な。いかに御頭の肝煎《きもい》りとはいえ、礼儀を知らぬにもほどがある）

そういわんばかりの、不満が浮き出ていた。蔵人は、石島のこころを一切無視した。蔵人は、いまだに雪絵を信じてはいなかった。もし、雪絵が覚念寺の奴どもの回し者であったら、事件の解決に時間はかけられない、と考えていた。

雪絵が、蔵人ら裏火盗の正体を知り、そのことを覚念寺の奴どもに知らせたとしたら、敵は一気に攻撃を仕掛けてくるに違いなかった。数からして、ひとたまりもなく敗れさることは必至であった。

（勝つためには、つねに先手をとらねばならぬ）

蔵人にとって、勝つことは生き延びることに通じていた。石島と蔵人の、探索にかかわる感性に差があるとすれば、常に死と直面していることを意識している

者と、そうでない者との違いが、その差を生みだしている、と評するべきであった。

　石島に対する物言いが、頭ごなしの命令口調となったとしても、あながち蔵人を責めるわけにはいくまい。

「石島殿。蓮華加持に参加していた大店《おおだな》十軒ほどを探り出し、火盗改メの方々に、当分の間、張り込んでいただきたい。夜嵐の重助一味が押し込むかもしれぬ」

「張り込む店をいかがして選びましょうや」

「最近、蓮華加持への参加が遠のいている、商人の店を選ぶがよろしかろう。手配されたい」

「御頭が下賜《かし》された、鑑札にかけての御命令でござるな」

「左様。このこと、命令でござる」

　石島は、黙って頭を下げた。

「さっそく、手配つかまつる」

　火付盗賊改方長官長谷川平蔵が、加役人足寄場取扱に任じられた際に、平蔵留守の折りの、火盗改メの差配を任されたのは石島であった。それが、いまは、平蔵がどこぞから連れてきた蔵人に任務を奪われている。そのおもいが石島に、頑《かたく》な態度をとらせていた。

（結城蔵人、なぜか虫が好かぬ）

であった。

が、一方、石島は有能な官吏でもあった。何事もつつがなく、お勤め大事、と仕遂げてきた石島は、己のこころのわだかまりを押し隠し、蔵人の命令を直《ただ》ちに実行に移した。

江戸府内へ散った火盗改メの面々は、このところ、覚念寺の催す蓮華加持から足が遠のいている大店を探り出してきた。

石島は、

「これら大店のどこを張り込むべきや」

と、大店の名前を書き連ねた書付《かきつけ》を仁七に託した。その数は二十数軒に及んでいた。石島らしい、やり方といえた。探索のなかみは、探索した火盗改メの方が、よく知っているはずであった。蔵人は、

「張り込む店を選ぶは、石島殿に一任いたす」

と巻紙に書き記し、仁七に手渡した。

石島はその夜から、相田ら同心たちを、自ら選んだ大店に張り込ませた。

が、数日が過ぎても、何ひとつ異変は起こらなかった。
［成果、いまだ現れず。この張り込み、つづける必要ありや否や　石島］
と書かれた書面が仁七を通じて届けられた。
石島の文面には、「張り込みの必要なし」との意志が籠《こ》もっていた。
［いましばらくの間、張り込みをつづけていただきたい。当方より中止の命令を出さぬかぎり、問い掛け無用　結城蔵人］
蔵人は、そう走り書きした書付を仁七に託した。

雪絵の躰は、すでに回復していた。が、

「いまさら家には帰れませせぬ。哀れと思《おぼ》し召《め》して、このままここに置いてください。皆様方の身の回りの世話などをさせてくださいませ」

と、多聞に頼み込み、そのまま居着く気配を示していた。多聞は木村や晋作を説得しているらしかった。多聞は、

「木村も晋作も、いてくれれば何かとありがたい、と申しております。御頭にも、何卒《なにとぞ》承服いただきたく、伏してお願い申し上げる」

と、蔵人に頼み込んできた。

「皆がよければ、よい」

蔵人は、それきり口を噤《つぐ》んだ。裏火盗は表立った組織ではない。確立していない組織は、とかく乱れがちなものであった。

（すべて現れた事柄で示すしかない。言葉を百言尽くしても、相手の耳に届かぬときもある）

多聞らは、雪絵のことを信じきっている。いまは何をいっても無駄、と蔵人は判じていた。

雪絵は、なぜか蔵人の住まいにそのまま居着き、食事の世話、掃除に洗い物と甲斐甲斐しく働いた。

「久しぶりに美味《うま》いものを食べさせてもらった。やはり女手は必要ですな」

そういって、木村が目を細めた。

雪絵の動きに不審なものはなかった。多聞は、前にも増して雪絵に気を許しているようだった。

ただ、仁七だけは違った。

「盗《ぬす》っ人《と》は、これと狙った家に、様子を探り、押し込むときには屋内《なか》から出入口にかけられたつっかい棒を外して仲間を引き込む、引き込み役を潜《もぐ》り込ませやす。

あっしは、まだ雪絵さんを信用できねえ」

「わかっておる」

蔵人は、事実、いまだに雪絵にこころを許していなかった。

そのことを雪絵は察しているらしかった。雪絵が多聞や木村らに取り入りながらも、蔵人の警戒を解かぬ視線に気づいているさまが、かえって疑惑を深める元になっていた。

（ふつうの娘ならば気にもとめぬこと。必要以上におれを探ろうとするはなぜか）

であった。

雪絵は日を重ねるにつれて、多聞たちの間にその存在を根付かせていた。

蔵人は、近々夜嵐の重助一味が動く、と睨んでいた。もし、雪絵が敵の回し者だったら、このままでは、蔵人らの実体を探り出すことはむずかしいはずであった。任務の復申はすべて仁七を通して聞く、と蔵人は多聞らに告げていた。いまや貞岸寺裏の住まいは、蔵人にとって、たんに寝泊まりするだけの場となっていた。

（何らかの行動を起こすことで、我らが動きを見るつもりに違いない）

日々の買い物へ出かける雪絵の、戻ってくるまでの時間が、以前より長引いていることに、蔵人は気づいていた。

五

張り込みを始めて、半月が過ぎた。

業《ごう》を煮やしたのか、石島から蔵人への呼び出しがかかった。

水月へ出向いた蔵人を、神田川沿いの座敷で待っていた石島が、蔵人が座につくのを待ちかねたように、

「ご命令の蓮華加持にかかわる大店《おおだな》の張り込み、かなりの日数が経過しておりますがいまだに何の動きもなく、火盗改メ配下の者にも不満の声があがっております。張り込みのこと、本日にて打ち切るべきではないかと判断いたしますがいかがか」

と詰め寄ってきた。

蔵人は、黙って石島を見据えた。

石島も睨《ね》め返す。

事の成り行きを心配してか、襖《ふすま》の向こう、廊下に潜《ひそ》む仁七の気配を、蔵人は察していた。

蔵人は何もいわず、平蔵より下された鑑札を石島の前に置いた。

石島の目が、じっと鑑札に注がれている。膝に置かれた石島の拳が固く握りしめられた。蔵人がいい放った。

「身共《みども》は虎の威《い》を借る狐《きつね》でござる。すでに多くの人々の命が失われている。悪党どもは是が非でも退治せねばならぬ。そのためには、身共は虎の威を借りることを恥とは思わぬ」

石島は鑑札に目を向けたままであった。その面に、苛立《いらだ》ちと己を懸命に抑えようとするおもいが交錯して燃え立っている。

蔵人は、廊下に潜んでいた仁七の気配が、すっ、と消えるのを感じた。

「いつまで張り込みをつづければよろしいか。ご指示いただきたい」

石島の声音《こわね》に沈痛なものが含まれていた。

蔵人は、一切の感情《こころ》を捨てていた。

「夜嵐の重助一味を捕縛《ほばく》、あるいは、斬り捨てるまで張り込みをつづけていただく。このこと、決して変わらぬ」

石島は、黙って頭を下げた。

その夜——。

橋場の渡しの近くにある茶店の二階の座敷で、木村は居眠りをしていた。春も間近にせまり、寒さもだいぶ薄らいできている。

木がねじれるような音がひびいてきた。寝とぼけた意識のなかに不意に侵入してきた軋《きし》り音に、木村又次郎は躰《からだ》の半分を押しつぶされるような痛みを感じて目覚めた。何もかもが薄ぼんやりとした木村の耳に、木の軋り音だけが無理矢理入り込んでくる。

木村は、頭を打ち振った。懸命に見開いた木村の眼が、それまでに見たことのない光景をとらえていた。

隅田川の入江が覚念寺の境内へ入り込んだあたりの板塀《いたべい》が、観音開きに少しずつ開いていく。

(寝惚《ねぼ》けているのだ。どうもいかん)

木村は今度は拳で軽く頭を叩いた。眼をこすって、深呼吸をする。

木村は窓の障子を少し開けた。広がった視野に、木村がそれまで幻として受け止めていたものが、現実のものとして現われた。

覚念寺の板塀が内側に開き道心らを乗せた三挺櫓《さんちょうろ》の猪牙舟《ちょきぶね》が一艘《いっそう》、二艘、三艘と相次いで隅田川へ漕ぎ出てきた。

その瞬間――。

木村は、金縛《かなしば》りにあっていた。三艘の猪牙舟に吸い付けられたまま、呆《ほう》けたように見入っていた。

「開いた。御頭の予測通り、覚念寺の板塀の奥に隠し船瀬が造られていた。御頭の……しまった」

木村が、己が任務に気付いたとき、道心を乗せたと見られる猪牙舟はすでに流れに乗って、江戸湾へ向かっていた。再び響く木の軋り音に木村が視線を走らせた。船瀬の隠し門が閉じられていく。

木村は、焦《あせ》った。

慌てて刀をひっ摑み、二階の座敷の窓を大きく開けた木村は、足袋《たび》のまま茶店の屋根へ飛び出し、躊躇《ちゅうちょ》なく地面へ飛び降りた。

道心らを乗せた猪牙舟を追って、木村は走りに走った。

が、山谷堀に架かった今戸橋を渡るために、木村は川沿いの道から右へ外れざるをえなかった。そのわずかの間に、隅田川を漕ぎ下る三艘の猪牙舟は木村の視界の外へ消え去った。

今戸橋を渡って左へ折れ、息せき切って川岸へ出た木村は、愕然《がくぜん》として立ち竦《すく》んだ。

隅田川の流れにあるはずの、道心たちを乗せた三艘の猪牙舟は、どこにも見あたらなかった。

木村は、途方に暮れた。痴呆と化して、周囲をきょろきょろと見回すしか、なすことを知らなかった。

木村が道心たちを乗せた三艘の猪牙舟を見失って、呆然《ぼうぜん》自失の態《てい》に陥ってから一刻（二時間）ほど後、今度は、相田が大いに焦っていた。

相田が張り込んでいた難波町《なにわちよう》の回船問屋相模屋に、夜嵐の重助一味が押し入ったのである。夜嵐の重助一味は黒布で盗《ぬす》っ人《と》かぶりをし、尻《しり》っ端《ぱし》折《よ》りにした黒の小袖《こそで》に股引《ももひき》、脚絆《きやはん》と、一味の者たちが同じ出で立ちでいた。

相田が慌てたのには、理由がある。

「いつ押し込んで来るかわからぬ、夜嵐の重助一味を張り込むに二人はいらぬ。

半月に及ぶ徹夜の張り込み、皆の疲れも溜まりに溜まっておろう。わしが責任を取る。今夜からは一人で張り込み、残る一人は休めばよい」

との石島の一言で、この夜から一人体制の張り込みとなっていたのである。平常なら一人が張り込みをつづけ、一人が知らせに走るという、ふつうの行動がとれた。が、この日は、ただ張り込むしか、相田にはよい手が浮かばなかった。

（相模屋へ斬り込むか）

脳裡《のうり》をかすめた考えを、相田は即座に打ち消した。勝てるはずがなかった。夜嵐の重助一味は、ざっと数えて十数人の余に及んでいた。これまで押し込んだ大《おお》店《だな》で、家人を殺戮《さつりく》したとき残された斬り口から見て、かなりの手練《てだ》れが多数まじっているとおもわれた。

（むざむざ犬死にはできぬ）

相田はこのまま張り込みをつづけて夜嵐の重助一味の後を尾《つ》け、隠れ家を突き止めるしか手はない、とおもい定めた。

木村は彷徨《さまよ》いながら、深い後悔にかられていた。後悔の元は、草履《ぞうり》を履いて来なかったことにあった。夢現《ゆめうつつ》のなかで見た、覚念寺の船瀬の隠し門が開くさまに気をとられ、さらに、入江の奥より漕ぎ出てきた道心たちを乗せた三艘の猪牙舟に気を奪われた不覚が、木村をして焦らせ、草履を履くことを忘れさせた。

草履は、二階の奥の間に住む茶店の老亭主夫婦の眠りを妨《さまた》げないように、との蔵人の配慮から、出入りするときに必ず座敷へ運び入れ、隅に置くように定めてあった。

迂闊《うかつ》にも木村は、座敷に草履があることを失念した。

(おれはいつもこうだ。事にのぞむと前後の見境を無くし、目の前のことしか見えなくなってしまう)

木村は、御扶持召放しの処断を不服とし、抗議の切腹をして果てた旗本鈴木兵庫介のことを聞き込んだ日のことを思い起こしていた。聞き込みに夢中になり、隠密裡《り》に行動する気配りを忘れた結果、敵にその動きを悟られ、深川元町の本法《ほんぼう》寺《じ》近くで十人ほどの浪人者に囲まれた。木村は必死に斬り抜け、九死に一生を得た、という苦い体験をもっていた。

(御頭は、覚念寺から出た舟の行く先を探るだけでよい、といわれた。このこと、かたく守らねばならぬ)

であった。

江戸には、まだ、寒さの残滓《ざんし》が留まっていた。木村が履いた足袋《たび》は、踏みしめた霜柱《しもばしら》にぐっしょりと濡れていた。濡れた足袋が、寒さに凍りつき、木村の足から一切の感覚を奪っていた。

（何としても、道心らが乗った猪牙舟を探さねばならぬ）

木村は、気力を振り絞って痛む足を踏み出した。

押し入ってほぼ半刻（一時間）を少しすぎたころ、夜嵐の重助一味が相模屋から出てきた。黒の風呂敷包みを背負った者が一味のほぼ半数に及んでいるところを見ると、今夜の押し込みの成果は、大きなものであることが推測された。

用水桶の後ろに潜《ひそ》んでいた相田は、夜嵐の重助一味の後をつけるべく立ち上がった。

一味は堀川に架かった小橋を渡り、武家屋敷の連なる通りへ入って、二手に分かれた。尾行する相田は途方に暮れた。躰はひとつしかない。仕方なく、一方を捨て、片方だけを尾けることにした。

一橋卿《ひとつばしきょう》の下屋敷と永井肥前の屋敷が夜陰の中、威容を誇って聳《そび》え立っていた。両屋敷の塀沿いに道が三ツ股に割れていた。ここでも夜嵐の重助一味は三手に分かれた。直進すると大川へ突き当たる道へ走った夜嵐一味を、相田は追いつづけた。

大川沿いの通りに面して建つ、本多主膳の中屋敷を左へ曲がった夜嵐一味の後を見失うまいと、相田が左へ折れたとき、背後の塀屋根から人の飛び降りる気配がした。相田が振り向くのと刀が袈裟《けさ》懸《が》けに振り下ろされるのとが、ほぼ同時だった。

相田は肩口に凄まじい衝撃を受け、よろめいて倒れた。相田に止《とど》めをささず、足音が遠ざかっていったところを見ると、敵はたしかな手応えを感じていたに違いなかった。相田は薄れ行く意識のなかでおもった。

(おれの尾行、夜嵐の重助一味に気づかれておったのだ。刀も抜けぬ役立たずと、蔑《さげす》まれる。何と無様《ぶざま》な)

相田の意識は、途切れた。

木村は川沿いの道を彷徨《ほうこう》していた。足は痺れ、何の感覚もなかった。濡れた足袋の冷たさのせいだ、とおもい、足袋を脱ぎ捨て裸足になった。が、足の痺れは変わらなかった。

（道から探そうとするからいかんのだ。舟は河岸《かし》や水際の川中に打ちつけられた舫杭《もやいぐい》に繋いであるもの。川の淵から探索せねば舟は見つからぬ）

木村は、隅田川の汀《みぎわ》に足を踏み入れた。

吾妻橋の下をくぐった木村は、汀から駒形堂の屋根を見上げながら、下流へ向かってすすんだ。

諏訪町のあたりへ差しかかったとき、前方に、川辺から数尺ほどの長さの厚板一枚を水中へ張り出した、簡便な造りの船着場が見つかった。どこぞの船宿の船着場に違いなかった。その船着場に沿って打ち込まれた舫杭に繋がれて、三艘の猪牙舟が揺らいでいた。

近寄ろうとして木村又次郎は足を止めた。乱れた複数の人間の足音を聞いたからだった。付近に隠れ場所はなかった。木村は、意を決した。水際に群生する葦《あし》のなかに首だけ出して、躰《からだ》を沈めた。不思議なことに水の冷たさは感じなかった。足先から始まった痺れは、とうの昔に、木村の躰の感覚をも失わせていた。

まもなく、舫杭に繋がれた猪牙舟に乗り込む、道心たちの姿が見出された。三艘の猪牙舟が吾妻橋の彼方へ消え去るのを見届けた木村は、水から出て土手へ這《は》い上がった。濡れた着物に底冷えのする寒さが一気に染みこんできた。木村は水の中に戻りたい衝動にかられた。

木村は、躰の奥底までも凍りつかせる、さらなる寒さと戦いながら船着場まで歩いていった。石段が船着場から道へと通じていた。石段を登った木村は、通りの向こうにある、一軒の船宿を見つけだした。すでに灯《あか》りの落ちた軒行灯《のきあんどん》に、「船宿　喜仙《きせん》」の文字があった。

第八章　血《けつ》途《ず》

一

極寒の時は過ぎたとはいえ、夜の江戸には、身を切る冷たさが居残っていた。

木村は、びしょ濡れの着物と躰《からだ》から湯気が立ち上っていることに気づいた。まっすぐに立っていられないほどの激しい眩暈《めまい》が、木村を襲った。躰が熱い。体内《なか》から起こった火が急速に燃え上がってくるのが、木村にも自覚できた。

木村は、それでも歩きつづけた。どこへ行くべきか。貞岸寺裏の住まいへ向かうのは、まずい。なぜ、まずいのか、木村にはわからなかった。ただ、

(まずい。帰っては、いけないところだ。御頭も連絡は水月の仁七につたえよ、といっていた。しかし、なぜ水月なんだ。なぜだ。躰が、動かぬ。もっとも近いところは)

木村の内なる声が語りかけてくる。

木村の思考は、迷走していた。結句、花川戸町の松岡の住む長屋へ行こう、とこころに定めた。


松岡は、張り込みの疲れでぐっすりと寝入っていた。

戸障子に何かがぶつかるような大きな音がした。松岡は、その音に眠りから醒めた。

(酔っぱらいめが、路地に転がっていた桶でも蹴っ飛ばしたか。迷惑な)

再び、目を閉じた松岡の耳に、今度は、はっきりと誰かが体当たりをしたのか、さらに大きな音が飛び込んできた。戸障子の軋《きし》み音も重なる。

(まさか、柴田が傷ついて)

松岡は、はね起きた。寝床の脇に置いてあった大刀を手にとり、油断なく戸障子へ向かった。

戸障子は内へ向かって歪《ゆが》んでいた。誰かが戸障子にもたれかかっているのは、明らかだった。

「何者だ」

松岡の小声の問いかけに、唸《うな》り声が聞こえた。

「き、む、ら、また……」

それだけ呻《うめ》いて、戸障子にもたれかかっていたものは横倒しに崩れ落ちた。


蔵人は、日々欠かさぬ、早朝の胴田貫の打ち振りをつづけていた。庭に面した障子を細めに開け、鍛錬をじっと見つめる雪絵の視線に、蔵人は気づいていた。雪絵は、熱が下がったころからずっと、蔵人の朝の錬磨を窺《うかが》っていた。

蔵人は、雪絵のその行為を、

(おれが剣の弱点を探り出すためのこと)

と、見ていた。

(弱点など見抜かせはせぬ)

である。

蔵人は、鍛錬の初めこそ雪絵の視線を感じているが、やがて、稽古に没頭してしまうのが常であった。

蔵人は、気づいていなかった。雪絵は、蔵人の鍛錬の途中、障子をしめて台所へ立ち、朝餉《あさげ》の支度にかかっていた。そのとき、蔵人の、稽古でかいた汗を拭うための湯を沸かすことも決して忘れなかった。

台所でいそいそと朝餉の支度をする、雪絵の姿を垣間見る者がいたら、新妻が愛《いと》しい夫のために食事の支度をするときの様子とは、かくあるものであろう、と頷くに違いなかった。

が、そのことを、蔵人は知らない。

蔵人は、多聞をして、

「この男、色事については心配ない」

といわしめたごとく、女にたいしては、まさしく不器用者であった。蔵人も、女を知らぬわけではない。旗本仲間と岡場所などの悪所通いをしたこともあった。人並みに、とある旗本の娘に片思いの恋をしたこともあった。ただ、女と接することと剣の修行を比べたとき、剣の錬磨への情熱が上回っただけのことであった。

蔵人を見つめる雪絵の視線に秘められたものを、蔵人が探りの視線と見たのも仕方のないことであった。事実、いまの蔵人には、何の余裕もなかった。蔵人は、己の命がかかる仕事をいかに果たすか、それだけしか考えていなかった。

ただ、これだけは、はっきりといえる。雪絵の深い恋心を、蔵人が察知していたとしても、雪絵に対する不信感を解くことはなかっただろう。雪絵の動きに、それだけのものを感じている蔵人であった。

鍛錬の終わるのを見計らったように、仁七が、例の足音を消した歩き方で貞岸寺の総門をくぐってやってきた。仁七が釣り竿と魚籠《びく》を提《さ》げているところからみて、雪絵に気づかれることなく、自然なかたちで蔵人を連れ出す急な事態が発生したと推定できた。

蔵人は、雪絵が用意してくれた朝餉を食した後、

「出かける。仁七と釣りの約束があるのでな。多聞さんも一緒だ。留守を頼む」

そう雪絵に声をかけた蔵人は、魚籠に、凍傷《とうしょう》や解熱など治療のための漢方薬を隠し入れた多聞や仁七と共に、貞岸寺裏の住まいを後にした。

三人は、傍目《はため》には、釣りへ出かけるとしか見えなかった。仁七は、柴田と交代すべく覚念寺の張り込みへ出かける前に松岡が水月に立ち寄り、

「びしょ濡れで両足が凍傷にかかっている木村が、おれの住まいで昏々と眠っている。御頭に知らせて、適切な処置を取っていただくようつたえてほしい」

と、いって立ち去ったことを、蔵人に告げ、さらにつづけた。

「昨夜、難波町の相模屋へ夜嵐の重助一味が押し込みやした。張り込んでいた相田さんが尾行に失敗したのか、本多家中屋敷の塀《へい》のそば、大川に沿った通りで斬

られて倒れているのを中間《ちゅうげん》に発見され、辻番へ運び込まれたそうで」

「相田は、死んだのか」

「いえ。用心のために、と相田さまがご自分の裁量で着込まれた鎖帷子《くさりかたびら》のおかげで、一命はとりとめられた。そう聞いておりやす」

「『張り込みは二人一組にて、なせ』と、石島殿に申しつたえておいたはずだが」

「そのことについて、石島さまが旦那にご報告いたしたい、と水月で待っていらっしゃるんで」

蔵人は立ち止まった。すでに浅草六軒町にきていた。花川戸町の松岡の住まいはすぐ近くであった。

「多聞さん、おれは石島の話を聞いてくる。木村の診療を頼む」

「承知つかまつった」

多聞が厳しい顔付きで応じた。

水月の二階の座敷で、石島は蔵人を平伏して迎え入れた。

「ご指示を守らざること、ただただ申し訳なく」

といったきり、顔をあげなかった。蔵人が、そんな石島に声をかけた。

「すんだことは仕方あるまい。相田のことなど聞かせていただきたい」

石島は顔を上げ、目をしばたたかせた。

「私めの不徳のいたすところ、相田めの傷は着込んでおった鎖帷子のおかげで、急所をわずかに外れており申した」

「難波町の廻船問屋相模屋に盗っ人《ぬすと》一味が押し入ったと聞いたが」

「私めは相田が運び込まれた辻番所へ向かいましたゆえ、相模屋のことは分かりませぬ。ただ、押し込みました刻限は、気づきました相田の証言により、明らかでございます」

「その刻限は？」

「真夜中の九つ半にならんとするころかと」

「わかった。相模屋へ向かい、探索にあたってくれ」

「今後、このようなことが無きよう、こころして務めまする」

石島が、再び平伏した。

半刻（一時間）後、蔵人は、仁七とともに花川戸町の松岡の長屋にいた。張り込みから戻った柴田は、多聞の診療の助手を務め立ち働いている。

幸いなことに、木村の容態はさほどのものではなかった。熱もかなり下がっていた。足の凍傷も十数日で治るはず、との多聞の見立てであった。

木村は、やって来た蔵人を見るなり起きあがろうとした。しかし、眩暈が残っているのか、途中で力なく横たわった。それでも、必死に復申《ふくしん》した。

「御頭。御頭の見込みどおり、覚念寺の船許《ふなもと》の隠し門が開きましたぞ。三挺櫓の猪牙舟三艘に分乗した道心ら十数名を、陸路を尾行しましたが途中で見失い、ならば、汀を探索せん、と思い立ち」

「道心らが乗っていた猪牙舟を発見したか」

問うた蔵人の声音《こわね》が高ぶっていた。

「船宿喜仙の舫杭《もやいぐい》に、三艘揃って」

「喜仙はどこに所在するのだ」

「諏訪町の、駒形寄りに」

蔵人は、うむ、と腕を組んだ。それが思案の淵に沈んだときの癖でもあることを、多聞は知っていた。

その場の空気は、俄《にわか》に緊迫した。

ややあって、蔵人が告げた。

「覚念寺と大口屋の張り込みを解く。仁七、すまぬが大口屋近くの、真野が張り込む町家へ出向き、張り込みを止めるようつたえてくれ。松岡には真野よりつたえさせよ。戻りくる場所は、ここ、松岡が住まう長屋だ」

「わかりやした」

仁七が立ち上がった。

二

蔵人は、晋作に蔵人の伝言をつたえて戻ってきた仁七に、こう命じた。

「難波町の相模屋まで行くのにどれほどの時が必要か知りたい。盗っ人の足を持つおまえにしか頼めないことだ」

「盗っ人時代に身につけたあっしの歩き方が、足を洗ったいま、役に立つとはおもいませんでしたぜ」

仁七は、苦笑いを浮かべて出かけていった。

その折り、蔵人は仁七に、

「水月に木村を移させてもらう。水月で会おう」

とつたえてあった。

蔵人は、真野と松岡が戻ってくるのを待って駕籠《かご》を呼び、その駕籠に木村を乗せて水月へ向かった。蔵人が水月へ着くと、すでに仁七は帰って来ていた。

「片道小半刻というところですかね。あっしの足で相模屋から喜仙の間を、二往復して計ってみましたが、まず、そんなところで」

蔵人の姿を見るなり、仁七が駈け寄ってきて、そう復申した。

木村が道心を尾行して摑み得た、復申のなかみから判断されたことと、相田の張り込みの結果、知り得た事実を分析した蔵人は、ひとつの推論を組み立てていた。

喜仙から相模屋へ向かうのに要する時間が小半刻、帰るのに小半刻、盗っ人装束《しょうぞく》に着替えるなど押し込みの準備にかかる時間が半刻、相模屋へ押し込んで荒らし回るに半刻余、ほぼ二刻が喜仙から相模屋へ押し込むのに、夜嵐の重助一味が要した時間であろう、というのが蔵人の読みであった。

すでに、相田の決死の探索により、夜嵐一味が相模屋へ押し込んで、暴虐のかぎりを尽くし、金蔵の小判を奪い取って引きあげるまでほぼ半刻余、ということが判明している。

蔵人は、押し込みの準備と喜仙へ引きあげてから、後始末に要するであろう時間を多めにみていた。

残るは、相模屋と喜仙を行き来するのに要する時間であった。

仁七の探索の結果、蔵人の読みが、ほぼ的中していたことが判明した。

蔵人は、夜嵐の重助一味と直接相まみえることを決意し、新たな探索の手段を模索した。


水月の二階の、神田川に面した座敷に、蔵人を中心に多聞、松岡、柴田、真野ら裏火盗の面々と雁金の仁七が居並んでいた。木村は、松岡が住まいする長屋から駕籠で運び出され、水月で仁七が日々使い暮らしている奥の座敷に寝かされていた。仁七の女房ともいうべきお苑をはじめ、数人の仲居や船頭などが通う水月に木村を預けておけば、治療や身の回りの世話などあらゆる場合において心配がない、と蔵人が判断したためであった。

「喜仙は夜嵐の重助の盗っ人宿でさあ。まず間違いねえ」

仁七によると、盗っ人の親分たちはさまざまな宿場や町場に、盗みのための隠し砦《とりで》ともいうべき、表向きは宿屋などの正業を装った盗人宿を設けている、という。

「盗人宿は、盗みの腕はたいしたことはねえが、盗っ人の親分が信頼した、堅気な暮らしに馴染みやすい手下が、差配することが多いんで」

そう仁七はつけくわえた。

蔵人が、一同を見つめて告げた。

「喜仙に探索の的を絞る。連夜、喜仙を張り込んで、道心が現れたら斬り込む」

多聞ら裏火盗の面々の顔が、緊迫に紅潮した。

「まず、二人一組で喜仙を見張る。道心らの猪牙舟《ちょきぶね》が船着場につき、喜仙へ入ったら、一人が張り込み、一人は連絡に走る。我らはこれより、花川戸町の松岡と柴田の長屋に待機し、張り込みの者の連絡を待つ」

「道心が現れたとの知らせがあれば、待機組は喜仙へ駈けつけるわけですな」

多聞が念を押した。

「喜仙へ着いたら二手に分かれ、表口と裏口を見張ることができる場所に潜《ひそ》んで、出てくる夜嵐一味を待ち伏せする」

蔵人が、一同を見渡した。仁七が身を乗り出す。

「あっしも斬り込みに加わりますぜ」

「それは許さん。仁七、長谷川様との繋ぎがおまえの本来の役目。我らに万が一の事が起きたら、そのことをつたえてもらわねばならぬ」

「旦那、あっしも男だ。ひとりだけ生き残るわけにはいかねえ」

「仁七、これは命令だ。たぶん、長谷川様も、同じことをおっしゃるはずだ」

「わかりやした。もう、何もいわねえ」

仁七は、悔しげに唇を歪《ゆが》めた。

「今夜から喜仙の張り込みを始める。松岡と晋作、多聞さんと柴田、おれと仁七がそれぞれ一組となって三日ごとに張り込む。張り込む場所は吾妻橋の下。木村が本復すれば仁七と代わることになる」

「では、段取りどおりに」

松岡が晋作と顔を合わせ、傍《かたわ》らに置いた刀を手に取った。

松岡と晋作が、喜仙の張り込みへ出かけた後、多聞からひとつの申し出があった。

「夜だけ、皆が一緒にいればいいのではありませぬかな。できればわたしは、朝から昼まで診察をつづけたい。気になる患者が何人かおりますでの」

多聞は強硬に言い張り、毎朝、貞岸寺裏の離れへ帰っていくことを望んだ。

多聞のこの動きは、完全とはいえないまでも、雪絵の動向を見張るには都合がよいことであった。

蔵人は、多聞に、

「夜嵐の重助一味と斬り合うのは夜であろう。夜だけ共に行動すればよい。皆もそうしよう。おれもそうする」

といい、多聞の申し出を受け入れた。

翌朝、蔵人と多聞はともに貞岸寺裏の住まいへ戻った。

蔵人と多聞の顔を見た雪絵は、

「何事か起こったのか、と心配しておりました」

と安堵の色を浮かべた。

「いや。釣り仲間とついつい呑み明かしてしもうた。木村もやってきて、呑み疲れて、まだ寝ている。夕餉《ゆうげ》の支度もしたであろうに、申し訳ないことをした」

そう詫びる多聞に笑顔を返した雪絵は、

「朝餉の支度をいたします」

いそいそと勝手の土間に降り立った。

蔵人は、稽古着に着替え、胴田貫を手に庭へ出た。

「出稽古でしばらく家には戻らぬ」

雪絵には、家を留守にする理由をそう告げねばなるまい、と蔵人は考えていた。

数日が過ぎた。木村は水月に二日ほど世話になっていたが、痛む足を引きずりながら松岡の長屋に辿り着き、

「斬り合いには加わる。足手まといにはならぬ」

と、言い張り、そのまま居座っていた。

張り込みが二巡りした七日目の深夜、隅田川を下ってくる三艘の猪牙舟を、松岡が見出した。

「晋作、御頭に知らせろ。おれは喜仙の入口あたりに潜んでおる」

橋桁《はしげた》の蔭に潜む松岡たちの前を、道心たちを乗せた猪牙舟三艘が、三挺櫓の創り出した乱紋を川面《かわも》に残して、悠然と進んでいった。

晋作の知らせを受けた蔵人たちは、花川戸町の長屋を後にした。まだ本復しきってない木村も、

「どんなことがあっても一緒に行く」

とついてきた。

喜仙の表近くの暗がりに潜む松岡と合流した蔵人は、小声で問うた。

「動きがあったか」

「静かなものです」

蔵人は、多聞を振り返った。

「二手に分かれよう。おれと松岡、木村は表を、多聞さんと柴田、晋作は裏へ回れ」

多聞らが、眦《まなじり》を決した。

蔵人たちが喜仙に着いてから、小半刻ほど過ぎた。花川戸町の長屋へ晋作が知らせに走り、蔵人たちと合流して、再び喜仙へ駈け戻るのに要した時間は小半刻余。合わせて、半刻余（約一時間余）の時が流れていた。

道心らが夜嵐の重助一味であるとすれば、すでに押し込みの準備を済ませて、出かけていても、おかしくはなかった。

「時がかかりすぎる。こちらから仕掛けてみるか」

蔵人の呟《つぶや》きを、木村が聞きとがめた。

「仕掛ける？」

「荒くれた浪人者どもが刀を振りかざして喧嘩をしている風を装い、喜仙へ乱入する。少なくとも、屋内に道心たちがいるかどうかは確かめられる。松岡、裏を見張っている多聞さんたちを呼んできてくれ」

闇をつたって裏へ向かう松岡を目で追って、蔵人は不敵な笑みを浮かべた。

三

奥座敷にいた喜仙の主人、六造は、何かがぶつかって表戸が壊されたような、凄まじい音に立ち上がった。それだけではない。何やら喚《わめ》き立てる男たちの怒鳴り声に混じって、刀がぶつかり合う鈍い音も響いてくる。住み込みの下働きの女の悲鳴が上がった。

六造は、大慌《おおあわ》てで店先へ向かった。何やら尋常でないことが発生したのは、明らかだった。

が、座敷数間が両側に連なる廊下へ出た六造が見たものは、斬り合い、縺《もつ》れ合いながら、部屋の戸襖《とぶすま》を開けては、また、次の戸襖を開いて座敷へ入っていく二人の浪人者の姿だった。二人の浪人者。蔵人と柴田であった。

大刀を打ち合わせ、鍔競《つばぜ》り合いをしているが、それは見せかけだけのことで、実は座敷の様子を探っているのだ、と六造は見てとった。

「てめえら、おれの店で何をしやがる」

喜仙の主人の仮面を脱ぎ、ついつい地金が出たのは仕方のないことだったかもしれない。

蔵人は、いきなり、六造に刀を突きつけた。

「覚念寺の住職、道心はどこにいる。もっとも、夜嵐の重助と呼んだほうが、わかりがいいかもしれぬがな」

「夜嵐の重助だと。そんな名前は聞いたことがねえな。道心なんて坊主もしらねえ」

後退《あとずさ》りしながら六造が、ふてぶてしい笑みを向けた。

そのときだった。

階段を駈けおりる音がし、多聞と松岡が数枚の着物を手にして現れた。松岡が手にした着物を掲げて、叫んだ。

「御頭、見つけました。道心たちが着てきた着物が二階の座敷に置いてありましたぞ」

驚愕《きょうがく》が、六造を襲った。

「てめえらか、こそこそとおれたちを嗅ぎまわっていた奴らは」

六造が吠えた。

「みんな、容赦はいらねえ。こいつらを生かして帰すな」

奥から数名の男たちが血相変えて飛び出して来た。いずれも堅気の番頭や下男、板前風の形《なり》だが、それぞれ長脇差を手にしていた。

「顔を覚えられては、後々、面倒。生あるかぎり害毒を流しつづける奴どもだ。斬り捨てい」

蔵人の下知に、多聞と松岡、柴田が男たちに斬りかかった。男たちは、我流の剣法だったが実戦馴れしているのか、なかなか手強《てごわ》かった。

斬り結ぶ松岡たちを後に、蔵人は奥の座敷へ走った六造を追った。

座敷へ飛び込んだ六造は、押入から長脇差を取りだし、引き抜きざま蔵人に斬りつけた。

六造の一太刀は、蔵人によって弾き飛ばされた。六造の刀は床の間へ飛び、掛け軸に突き刺さった。

突き抜けた刀が掛け軸を揺らした。

それは、ありうべからざることであった。蔵人は、一瞬、奇妙な感覚にとらわれた。

本来、弾き飛ばされた刀は掛け軸の後ろの壁に突き立つはずであった。が、刀は掛け軸を突き抜け、たまたま刃が上を向いていたために掛け軸を斬り裂くことなく揺らしているのであった。


蔵人のなかに、閃《ひらめ》くものがあった。

掛け軸に駈け寄ろうとした蔵人を、六造が体当たりをくれて阻《はば》もうとした。身をかわした蔵人は、六造の脾臓《ひぞう》に当て身をくれた。

わずかに呻《うめ》いて気絶し、崩れ落ちた六造をそのままに、蔵人は床の間に駈け寄り、突き立った刀で掛け軸を斬り裂いた。

掛け軸の裏の、床の間の壁には、人一人抜けられるほどの穴が、ぽっかりと口を開けていた。

「抜け穴！　そうか。夜嵐の重助と一味の者どもはここを通り抜け、いずこかに設けられた出口から外へ出ていたわけか」

「我々が見張っていても姿を現さなかったからくりが、この抜け穴でござるな」

男の一人を切り伏せた多聞が、蔵人の背後から抜け穴を覗き込んだ。

柴田も、松岡も残る男たちを血祭りにあげ、歩み寄った。

「この男、喜仙の主人であろう。松岡、活《かつ》を入れろ」

蔵人の下知に、松岡が当て落とされた六造を背後から抱え起こし、活を入れた。

低く呻いて、気絶から醒めた六造の両腕を、柴田と松岡がひっ摑んで押さえた。

蔵人が、六造の頬に胴田貫を押しつけた。

「問い質《ただ》すに時間《とき》をかける気はない。覚念寺の住職、道心とは盗っ人、夜嵐の重助の仮の姿であろうが」

「知らねえ」

「聞き出すに手段は選ばぬ」

蔵人は、六造の頬に押し当てた、胴田貫の刃《やいば》をわずかに返した。六造が呻き、激痛に躰《からだ》を震わせた。皮一枚斬り裂かれた六造の頬を、噴き出した血がつたい流れた。

「きさまも夜嵐一味であろう。いま一度聞く。道心は夜嵐の重助だな」

突然、六造が引きつった笑い声をたてた。

松岡たちが、虚をつかれ、おもわず顔を見合わせた。蔵人は、表情ひとつ変えず、六造を見据えていった。

「さらに聞く。道心は夜嵐の重助だな。答えねば耳を削《そ》ぎ落とす」

松岡たちが聞いても、ぞっとするほどの、蔵人の凍えた声音《こわね》であった。

蔵人は、六造の片方の耳に胴田貫を押しつけた。そのまま、胴田貫を下ろせば六造の耳が削ぎ斬られるは間違いなかった。

六造が、蔵人を睨み据えた。妙にぎらついた捨て鉢な色が、その目にあった。

低い声で、六造が、一語一語吐き出した。

「夜嵐のお頭は鬼よ。どっちにしても殺されらあ」

ふっ、と、六造が暗い笑いを浮かべた。

刹那——。

六造の躰に力が籠《こ》もり、唇の端から血が滴《したた》り落ちた。

「こ奴、舌を噛み切りおったぞ」

力の抜けた六造の腕を放して、柴田が喘《あえ》いだ。

そのとき蔵人は、蔵人に捕らえられ、貞岸寺裏の住まいで舌を噛み切って果てた、浪人者のことをおもい出していた。

（あ奴も、夜嵐の重助一味の者だったのだ）

蔵人は、その確かな証《あかし》を、六造の死によって見た、とおもった。

蔵人には、ひとつ、気になっていたことがあった。

「斬り合いの最中、女の悲鳴を聞いたが、どこぞに潜《ひそ》んでおるかもしれぬ。探し出せ」

松岡と柴田が二手に散った。

「表口を見張る木村と裏口を警戒する晋作に尋ねてくる」

そういって裏口へ走った多聞が晋作を連れて、駈け戻ってきた。多聞の厳しい顔付きからみて、何事かあったに違いなかった。

「晋作が、裏口より逃げ出てきた下働きの女を、そのまま見逃したそうでございます」

多聞の傍らで、自分のなした失態がわからぬのか、合点のいかぬ顔付きの晋作がいった。

「十四、五の小娘でしたゆえ、夜嵐一味とは無関係であろうとおもい、見逃しました」

蔵人が訊く。

「多聞殿、道心たちが乗ってきた猪牙舟に異変はありませんか」

「それが、一艘、無くなっております。もしや、晋作が見逃した小娘が」

「乗っていったのであろう。もはや、夜嵐一味はここにはもどらぬ。小娘めが知らせておるはずだ」

「そんな馬鹿な。あんな、田舎から出てきたばかりの小娘が夜嵐一味だなんて」

呻いた晋作を、蔵人が見据えた。

「たとえ相手が子供でも警戒を怠《おこた》らぬことだ。油断は己の死に通じる。我らが住む世界は、地獄の羅刹《らせつ》が住むところと知れ」

低いが、厳しい声音であった。晋作は俯《うつむ》き、己の油断を恥じるのか、無念げに下唇を噛んだ。

屋内を調べ終わった松岡と柴田が戻ってきた。

「下女の姿はどこにもありませぬ」

松岡の復申に、

「わかった」

とだけ応えた蔵人は、ふっ、と笑みを洩らした。

「ひとつ遊んでやるか」

呟《つぶや》いた蔵人は、六造が使っていたとおもわれる、文机《ふづくえ》に置かれた筆をとった。

何事か、と多聞たちが見つめるなか、蔵人は襖の前に立った。

『夜嵐参上!!』

墨跡太く、黒々と襖に文字を書き終えた蔵人は、一同を見渡して告げた。

「この抜け穴が、どこへ通じているか調べよう」


喜仙の、六造の部屋の床の間に隠された抜け穴は、通り一つ隔てた諏訪明神社の境内の古井戸に通じていた。古井戸はすでに涸れていた。

しかし、「井戸を埋めるは不吉のもと」との言い伝えから、古井戸は埋めずに放置されていた。この古井戸に目をつけた夜嵐一味は、喜仙の床下から横穴を穿《うが》ち、押し込みへ出るときの秘密の通路として利用していたものと推定された。

小石川下富坂町の物産問屋豆州屋《ずしゅうや》に、夜嵐の重助一味が押し入って六百両を奪い、十四人を皆殺しにしたその夜、諏訪町の船宿喜仙にも、夜嵐一味が押し入り、独り者の主人以下雇い人どもが惨殺された。が、不思議なことに、このときばかりは皆殺しにされず、下女がひとり、行く方知れずになっている、との噂が、またたくまに江戸の巷《ちまた》に流れた。

蔵人と仁七は斎藤を、木村と晋作は大口屋を、松岡と柴田は覚念寺の張り込みをつづけていた。

蔵人には、気がかりなことがあった。喜仙に残されていた道心一味の衣服のなかに、人足寄場の地図が油紙につつまれて、しまわれていた。

（人足寄場の地図を、なにゆえ夜嵐一味が所持しているのか）

であった。

日が経つにつれ、蔵人のなかには、ある決意が固まりつつあった。

（人足寄場の地図を夜嵐一味が必要とした、その理由《わけ》を解くには、人足寄場へ潜入するしかあるまい）

道心は、覚念寺から一歩も外へ出ずに勤行《ごんぎょう》に励んでいる。大口屋徳蔵の動きも変わりがなかった。斎藤も、また、その動きを止めていた。

すべてが、膠着《こうちゃく》のなかにあった。

蔵人は、その静けさが、悪党どもが一気に暴発するための密やかな準備の時間、との強いおもいに捕らわれていた。

四

貞岸寺のある、新鳥越町二丁目から千住大橋へ向かって下ったところに円満山《えんまんざん》広徳寺《こうとくじ》がある。

その広徳寺の境内の大木の蔭に、人目を避けるようにして立つ、雪絵の姿があった。雪絵は大店《おおだな》の手代といった風の男と話をしていた。周囲に警戒の視線を走らせながら、言葉を交わしているさまからして、何やら秘密めいたものとおもわれた。

男が鋭い視線で雪絵を見据えた。

「確かなことだな。喜仙が浪人者たちに襲われた夜、貞岸寺裏に住んでいる浪人や町医者は一歩も外へ出ていないんだな」

「何度もいってるじゃないか。あたしが嘘をついてると疑っているのかい」

伝法《でんぽう》な口調で応える雪絵には、いつもの武家娘の奥ゆかしさはなかった。

「おめえも七化けのお葉《よう》と、二つ名で呼ばれるお姐《あね》えさんだ。よもや夜嵐のお頭を裏切ることはあるめえ。おめえの言葉どおり、お頭には報告しとくぜ」

「せっかく潜《もぐ》り込んだんだ。探りを入れつづけるよ。あいつらは得体《えたい》が知れない。何か裏があるに決まってる」

「女白浪《おんなしらなみ》の直感ってやつかい。何せ上玉だった御家人の娘、雪絵を殺してまで仕組んだことだ。お頭もとことん探りつづけろ、とおっしゃっていた。抜かりなく頼むぜ」

鋭い目で頷く七化けのお葉の面には、雪絵とは似て非なるもの、女白浪の本性が剝《む》き出されていた。

野の草花が彼方此方《あちこち》で可憐な花をつけ始めていた。

喜仙の襲撃から半月余、大口屋徳蔵が動いた。柳橋の料亭［華宴《かえん》］へ出かけたのである。動いたのは徳蔵だけではなかった。斎藤主膳も華宴の暖簾《のれん》をくぐった。やがて、頭巾で顔を隠し、数名の侍を伴った大身の武士とおもわれる人物が華宴へ入っていった。大身の武士は、その風体《ふうてい》、物腰からみて水野監物に違いなかった。

わずかに遅れて駕籠《かご》で到着した、宗匠《そうしょう》頭巾をかぶった一見宗匠風の目つきの鋭い男は、駕籠の後をつけて柴田が姿を現したところから、覚念寺の住職道心こと夜嵐の重助とおもわれた。

華宴の表口を見張ることができる町家の蔭に蔵人と晋作、柴田の三人が顔を揃えていた。

「水野監物らしき大身の武士、斎藤主膳、大口屋徳蔵、夜嵐の重助。四者が集まったところをみると、奴らがさらなる謀略を仕掛ける準備が調ったのだろう。ころを引き締めて、任務を仕遂げねばならぬぞ」

華宴を見つめたまま、蔵人が告げた。柴田と晋作は緊迫に蒼《あお》ざめ、おもわず顔を見合わせた。

彼方此方の店先に飾られた提灯《ちょうちん》や軒行灯《のきあんどん》に明かりが灯《とも》り、座敷に呼ばれた芸者や太鼓持ちたちが、通りを行き交っている。どこからか、小粋《こいき》な三味線の音が流れていた。物蔭の暗がりに潜む蔵人たちだけが、江戸有数の盛り場柳橋の、不夜城の賑わいから取り残されていた。

華宴に水野監物とおぼしき人物、夜嵐の重助、斎藤主膳、大口屋徳蔵らが集まったのを見届けた蔵人は、晋作と柴田を走らせ、水月に多聞、松岡らを呼び寄せた。

神田川沿いの二階の座敷で、集まった多聞ら裏火盗の面々と仁七を前に、蔵人が、問いかけた。

「若年寄、目付、札差、住職を隠れ蓑とした凶盗。奴どもの目的が那辺《なへん》にあるか。皆の意見を聞きたい」

多聞が首を傾《かし》げた。

「大口屋徳蔵は金、夜嵐の重助も金、水野監物と斎藤主膳はさらなる出世と権力の座。その座を得るにも金がいる。そんなところでしょうか」

柴田が口をはさんだ。

「権力の座を摑むには、目の上の瘤《こぶ》ともいうべき何人かを蹴落とさねばならぬはず。拙者《せっしゃ》がみるところ、狙う相手は松平定信様と長谷川平蔵様かと」

蔵人が応じた。

「おれも、奴どもの当面の狙いは松平定信様と長谷川平蔵様の失脚、とみる」

多聞が口をはさんだ。

「しかし、その動き、如何《いか》にして防ぐか。難しゅうござる」

重苦しい沈黙が、その場を支配していた。

ややあって、蔵人が首を捻《ひね》り、独《ひと》り言《ごと》ちた。

「佃島《つくだじま》だ。奴どもは佃島の人足寄場を占拠し、人足寄場を舞台に何らかの謀略を企《くわだ》てているに違いない。そうでなければ夜嵐一味の何者かが、人足寄場の詳細な地図を持っていた理由《わけ》がたたぬ」

多聞らは、蔵人が発する次なることばを待っている。

「もしかしたら、奴どもは人足寄場を占拠して、無法な一郭をつくりあげようとしているのではないのか。佃島は、陸からさして遠くない沖合に浮かぶ小島。陸続きではないといっても、将軍家お膝元の江戸御府内とは目と鼻の地。老中、火付盗賊改方、江戸南・北両町奉行所の長《おさ》に責任が及ぶは必定《ひつじょう》」

蔵人が、顔を上げて一同を見据えた。

「おれは人足寄場へ潜入する。無宿者として入り込み、内偵する。おれの留守中、皆は多聞さんと相談しながら探索を進めてくれ」

多聞たちは、黙って頷いた。

翌朝、長谷川平蔵と蔵人は、水月の神田川沿いの二階の座敷で向かい合っていた。

早朝、平蔵が人足寄場へ出向く前に清水門外の役宅へ向かった仁七が、蔵人から託された書付を渡した結果の会合であった。

蔵人は、探索の結果、わかり得たことを語ったあと、

「佃島の人足寄場に謀略の仕掛けがあるかもしれません。私めが潜入し、探索に当たる所存。潜入の手配り、お願い申し上げまする」

平蔵は、しばし、黙りこんだ。ややあって、

「蔵人、おぬしを人足寄場に潜入させるは、いと安きことなれど」

ことばを切って、平蔵はじっと蔵人を見つめた。その目に、優しさが籠《こ》もっている。

「仕損じれば命はないぞ」

蔵人も、正面から平蔵を見つめ返した。

「裏火盗の頭を引き受けたときから、覚悟はできております」

平蔵は視線をそらした。顔を上げて、再び蔵人に視線を据えたその目には、いつもの厳しさが戻っていた。

「蔵人、明朝、そちを伝馬町《てんまちょう》の牢に、火盗改メにて捕縛《ほばく》した無宿人として放り込む。二日入牢の後、浅草の非人溜《だまり》へ移し、その翌日、佃島の人足寄場へ送りこむ。細かい段取りは……」

蔵人は身を乗り出し、平蔵の話に聞き入った。

人足寄場においては、すでに人足たちを留め置く仮小屋二棟が完成していた。送り込まれた無宿人たちは、その仮小屋で寝食し、さらなる人足小屋づくりに励んでいた。

いま、人足小屋は、さらに一棟が建築され、本格的に建て直した二棟と合わせ三棟の人足小屋が完成していた。この間、長谷川平蔵は一日も休むことなく人足寄場の建造現場へ出向き、組下の者、人足どもを指揮しつづけた。

五日後、平蔵が浅草の非人溜から引き渡しを受けた無宿人のなかに、武州無宿の佐吉《さきち》という名の遊び人がいた。一見、優男《やさおとこ》としか見えない佐吉が、どんな罪を犯したか知る者はなかった。わずか二日の非人溜の暮らしのなかで、佐吉はわけもなく喧嘩を仕掛け、荒くれた無頼者たち数人の腕を叩き折っていた。

何やら得体《えたい》の知れぬこの武州無宿の佐吉こそ、人足寄場へ潜入した蔵人の仮の姿であった。

五

人足寄場へ送り込まれたその夜、足を踏んだ踏まない、との口論が始まりで、兄貴株の人足数人と武州無宿の佐吉こと蔵人との間に乱闘が起こった。

人足小屋で横になっていた兄貴株の男の足を、蔵人が踏んだのが原因だった。

蔵人がちょっかいをかけて、わざと兄貴株の男の足を踏んだのは明らかだった。

「てめえ、わざと足を踏みやがって。表へ出ろ」

謝りもしない蔵人に、兄貴株の男は凄《すご》んだ。相撲取り上がりの、六尺近い、海坊主の虎と呼ばれているこの男の乱暴ぶりに、人足小屋の無宿人どもは怖れをなし、日頃はいうなりになっていた。

「新入りの野郎、大怪我するぜ」

人足たちの誰もがそう思った。

海坊主の虎は、数人の取り巻きを引き連れて外へ出た。不敵にも薄笑いさえ浮かべて、蔵人はつづいた。

勝負はあっけなかった。蔵人の拳を脇腹に打ち込まれて、海坊主の虎の取り巻きどもが気を失って倒れた。逆上した海坊主の虎が摑みかかるのへ、低い姿勢で内懐《うちふところ》に飛び込んだ蔵人が後ろへ回り込み、伸びきった虎の両膝の後ろに、左右の拳を突き入れた。海坊主の虎が前のめりに倒れる。虎が、起きあがろうとしてもがいても起きあがれないところを見ると、膝の関節が外れているのだろう。

蔵人は汗ひとつ、かいていなかった。蔵人は虎に歩みより、いきなりその顔を踏みつけた。

「謝れ。おれに面倒なことをやらせたんだ。謝らねえと頬骨を踏み折ってやるぞ」

いきなり虎の顔面を蹴りあげた。虎の口から数本の歯が折れ飛んだ。血塗れの口で虎がわめいた。

「か、勘弁してくれ。おれが悪かった」

陰惨な笑みで虎を見据えた蔵人はいきなり虎の脇腹を蹴り上げた。虎の躰が反転した。すでに、虎は気絶していた。

その夜、岩に背をもたれ掛けて星空を眺めている蔵人に、人足のひとりが声をかけてきた。

「おらぁ、下総《しもうさ》無宿の留《とめ》ってんだ。武州無宿の佐吉さんっていったな。強《つえ》えね、

た。

そっぽを向いた蔵人の隣に図々しく座り込んだ留が、上目遣《うわめ》いに蔵人を見上げ

兄貴は」

「佐吉の兄い、銭儲けをしたくねえかい」

「銭儲け？　嫌いじゃねえが、ここは佃島の人足寄場。銭儲けしようにもやりよ

うがねえじゃねえか」

「ところがどっこい。あるのよ、いい話が」

「聞きてえな、その話をよ」

「もうじきこの佃島は、おれたちのお頭が仕切ることになるのさ」

「お頭？」

「夜嵐の重助親分さ。子分になれるように口を利くぜ。おらぁ、佐吉の兄いに惚

れちまったんだよ。その腕っぷしと度胸によ」

蔵人は、仁七の癖の、唇を歪《ゆが》めた笑みを真似て酷薄に笑った。

「銭儲けの話なら、どんな話でも乗るぜ」

「さすが佐吉の兄いだ。わかりが早《はえ》えや」

留が、歯の欠けた口を大きく開けて笑った。

数日は何事もなく過ぎた。海坊主の虎を子供扱いにして倒した蔵人の周りには、留たちがいつも群れていた。様子から見て留の仲間十数人は、夜嵐の重助が仕掛けて、人足寄場へ送り込んだ連中らしかった。

平蔵は毎朝佃島にやってきては工事を指揮し、陽が落ちると帰っていった。が、その日は違った。翌朝早くから、地形工事の最後の一郭の測量が行われることになっていた。平蔵はその測量に立ち会うべく、人足寄場の役人詰所《つめしょ》に泊まった。

人足どもが寝静まった夜の四つ（午後十時）、突然、怒鳴り声が聞こえたかとおもうと激しく斬り結ぶ音が響き渡った。

人足小屋から飛び出ようとした蔵人を、留が押しとどめた。

「佐吉兄い、お頭だ。お頭がやってきたんだ。もうじき、いいおもいができるぜ」

人足小屋の戸口の前に留の仲間が立ち塞がって、人足たちが外へ出ないよう凄んでいた。

蔵人は、平蔵の身を案じた。が、飛び出しても平蔵を助けられるかどうかわからなかった。蔵人は、任務を果たすことを選んだ。

小半刻（三十分）も争いがつづいただろうか、怒号や悲鳴がおさまってまもなく、人足小屋の戸口を叩く音がした。

留の仲間が戸口を開けた。人相の悪い男が顔を覗かせて、いった。

「始末はついた。みんなを表へ出せ。佃島の新しいご主人さまのお披露目《ひろめ》だ」


役人詰所の傍《かたわ》らに、後ろ手に縛《しば》り上げられた平蔵が座らされていた。その傍らに佃島に泊まり込み、警固の任についていた火盗改メの同心や下役たちの死体が並べてあった。いつも平蔵が腰を下ろしている床几《しょうぎ》に座っている男は、丹羽弥助が覚念寺に斬り込んだとき、浪人や僧どもに下知して引きあげさせた、住職の道心に違いなかった。道心は今夜は、手甲《てっこう》、脚絆《きゃはん》に尻《しり》っ端《ぱしょ》折りの、やくざの親分といったいでたちであった。まさしく、道心の実体は、凶盗夜嵐の重助であった。

留は、蔵人を夜嵐の重助に引き合わせた。重助の前に歩み出た蔵人を、驚愕《きょうがく》が、襲った。が、その驚愕は誰にも気取られぬほどの、わずかなものであった。

重助の居流れる子分たちのなかに見知った顔があった。姿形こそ変わっているが、雪絵だった。

重助が鋭く蔵人を見据えた。大きな黒い目、鳶《とび》のような鼻、大きな口に分厚い唇。筋肉質の引き締まった躰《からだ》が、武芸で鍛え抜いたものであることが、蔵人には一目でわかった。

「手を出しな」

蔵人は、重助のいいなりに手を出した。重助は蔵人の手の平に触れた。重助の手にも、竹刀胼胝《しないだこ》があった。胼胝の具合からみて、かなりの使い手とみえた。

「竹刀胼胝か。無宿者にゃ似合わねえな」

重助が皮肉な笑みで見つめた。

「七化けのお葉。佐吉と名乗っちゃいるが、こいつは貞岸寺裏の離れから姿を消した、結城蔵人という浪人者じゃねえのかい」

一歩歩み出た七化けのお葉と呼ばれた女は、洗い髪の後ろを櫛《くし》で束《たば》ねた、婀娜《あだ》な姐《あね》ご姿だった。雪絵の楚々《そそ》とした面影は微塵《みじん》もなかった。

お葉はじっと蔵人の顔を見つめた。蔵人が平然と見返す。ややあって、お葉がきっぱりといった。

「違うね。似た顔だけど、こいつは結城蔵人じゃないよ」

「そうかい。てめえの言葉を信じよう。佐吉、おれは腕っ節の強え奴しか子分にしねえと決めてるんでな。試させてもらうぜ」

重助は背後の子分数名へ顎をしゃくった。子分たちは匕首《あいくち》を抜き、素手の蔵人を取り囲んだ。蔵人は突きかかった子分の手から匕首をもぎ取るや、頬を切り裂いた。派手な悲鳴を上げて顔を押さえた子分が、激痛に呻《うめ》いて地面を転がった。

「今度は頬を斬り裂くくらいじゃすまねえぜ」

匕首を構えて、唇を歪《ゆが》めた笑みを浮かべた蔵人は、足を踏み出した。匕首を構えた子分どもが気圧《けお》されて後退《あとずさ》った。

「やめろ。てめえらの負けだ」

重助が、下がれ、という意味か、子分たちへ手を振った。

「佐吉、いい腕だ。気にいったぜ」

「あまり楽しくねえ扱いだな」

「佐吉、おれはこの佃島を歓楽郷にするんだ。御上なんかにゃ手も触れさせねえ。この島を酒池肉林の無法地帯、大歓楽島に仕立て上げる。それが佃島に乗り込んできた目的よ」

吠え立てた重助が、さらに、蔵人を睨み据えた。執念深い炎が目のなかでぎらついていた。

「おれは、竹刀胼胝のある無宿者など信じねえ」

「たしかにおれは浪人崩れよ。信じようが信じまいが、おれはいまは無宿者だ。そうとしかいいようがねえな」

「てめえが無頼になりきってるかどうか試させてもらうぜ。この場で、役立たずの見張りをつづけた七化けのお葉を犯すんだ。お葉、これはてめえへのお仕置きだ。佐吉と上手に交合《まぐわ》って、みんなを楽しませてやるんだな」

「お頭、何てことを」

柳眉《りゅうび》を逆立てるお葉の肩を、立ち上がった重助がひっ摑み、蔵人に向かって突き飛ばした。

大きくよろけた振りをして、蔵人に抱き縋《すが》ったお葉が囁《ささや》いた。

「わたしを抱くんだ。情け容赦なくいたぶるんだ。でなきゃ、あんたは殺される。頼むよ、蔵人の旦那」

蔵人は、はっ、とお葉を見つめた。お葉の目に必死なものが浮かんでいた。

次の瞬間、蔵人は吠えた。

「存分に楽しませてもらうぜ」

蔵人はお葉を押し倒した。襟《えり》を左右に引き開き、胸をはだけた。お葉の硬く締まった肉感の、大ぶりの乳房が弾けた。

お葉の乳房に吸いついた蔵人は、一方の手でお葉の腰を覆った着物を引き開いた。肉付きのいい白い太腿《ふともも》と白い下腹を這《は》う春草が、夜目にも黒々と浮き上がった。

留が、ごくりと生唾を飲み込んだ。

重助は薄笑いを浮かべて、見つめている。平蔵は目を閉じていた。

「やめろ。何しやがる。畜生！」

お葉は毒づき、もがいた。死物狂いの、お葉の演技だった。

蔵人は、お葉の股間に躰を分け入らせた。下帯をずらすなり、お葉の肉壺を貫いた。

瞬間、お葉は歓喜にのけ反《ぞ》った。

が、それも一瞬、上げそうになった歓喜の声をお葉は嚙み殺した。懸命の演技をつづけた。

「離せ。離しやがれ。くそったれ！」

抱いたまま躰をずらした蔵人がお葉を俯《うつぶ》せに押さえつけ、背後から責めようとした。

「もういい。存分に楽しませてもらったぜ」

重助の声に、蔵人がお葉を突き飛ばした。

「佐吉、てめえが御上の犬でないことを知りてえ。そこに縛《しば》り上げているお武家さまは火付盗賊改方長官の長谷川平蔵さまだ。盗っ人仲間からは鬼と怖れられているお方よ。佐吉、おめえに、その鬼の平蔵さまを斬り殺してもらいてえ」

重助が蔵人に長脇差を差し出した。受け取った蔵人が長脇差を引き抜いた。

「あまり試しがしつこいんでな。むかっ腹が立ってたところだ。一寸刻みに嬲《なぶ》り殺してやるぜ」

平蔵が後ろ手に縛られたまま立たされた。

「いままでこき使われた礼をするぜ」

蔵人が長脇差で斬りかかった。平蔵は、避けた。猫が鼠《ねずみ》を嬲るように、蔵人は長脇差を振るった。平蔵は逃げ回った。蔵人が、さりげなく海際に追い込んでいることが、平蔵にはわかっていた。

地形工事が完成し、切り立った崖になっている海際に追いつめた平蔵に、蔵人は袈裟《けさ》懸《が》けの一太刀を振るった。

平蔵の着物が斬り裂かれ、肩口から噴き出た血が着物を赤く染めた。蔵人は、さらに、逆袈裟の一太刀をくれた。平蔵は断末魔の叫びを上げ、海中へ落下していった。

駈け寄った重助たちが、平蔵が沈んだあたりの水面を見つめた。平蔵は、浮き上がってこなかった。ややあって、重助が呟《つぶや》いた。

「どうやら鬼の長谷川平蔵さまは、お亡くなりになられたようだ。深手《ふかで》を負った身で、これだけの間、水ン中に潜《もぐ》っていられるはずがねえ」

佃島に打ち寄せる波が砕けて、白い飛沫となって弾け散った。蔵人は、平蔵が姿を消し去った海面を、身じろぎもせずに見据えている。


その夜、手配りを終えた重助は子分数名を引きつれ、三挺櫓《さんちょうろ》の猪牙舟《ちょきぶね》で佃島を去っていった。佃島の人足寄場は、いまや夜嵐一味の巣窟《そうくつ》と化していた。

夜嵐の重助の息のかかっていない者たちにとっては、地獄の一夜だったに違いない。一味に少しでも逆らった者は容赦なく惨殺された。夜嵐一味のあまりの無慈悲さに、人足たちは怖れをなして服従を誓う者が続出した。

蔵人は、脱出の機会を狙っていた。平蔵が水練の達人であることを知っていた蔵人は、袈裟懸けに肩の皮一枚を斬り、逆袈裟に縄を斬り裂いた。間合いに狂いはなかった。蔵人は、平蔵が無事逃げのびたことを確信していた。縄抜けできるほどに斬り裂いた平蔵を縛った縄が、海面に浮いて来なかったことが、その証《あかし》であった。縄を抜けた平蔵は、縄を摑み、そのまま海中深く泳ぎ抜き、夜の闇を味方として、逃げ去ったに違いなかった。

船着場に向かっていた蔵人の足が、ぴくり、と止まった。

行く手を塞《ふさ》いで、お葉が立っていた。歩み寄ったお葉が、蔵人に囁いた。

「あたしの命、旦那の役に立てておくれ。抱いてくれとはいわない。旦那のそばにいたいんだ。邪魔にはならないからさ」

縋って見つめたお葉の目に、必死なものがあった。じっとお葉を見つめ返して、蔵人が告げた。

「好きなようにしろ」

お葉の顔が、歓喜の色に染まった。

少し後、蔵人とお葉は船着場にいた。見張りの留にお葉が一分銀《いちぶぎん》を握らせた。

「さっきのつづきをやりたいんだよ。二人っきりでさ。舟を一艘出したいんだ。見逃しておくれよ」

留が卑《いや》しい笑いを浮かべて、蔵人とお葉を見比べた。そんな留に蔵人が唇を歪《ゆが》めて、笑ってみせた。

「佐吉兄いとお葉さんの頼みだ。おらぁ、見猿聞か猿言わ猿になっちまったぜ」

おどけた口調でいった留は、わざとらしく掌《てのひら》で顔を覆ってみせた。

猪牙舟に乗り込んだ蔵人とお葉は、本湊町の揚場へ向かった。櫓を操りながら、蔵人がぼそりといった。

「お葉、頼みがある」

「頼み？」

お葉の面に不安の蔭が宿った。

「貞岸寺裏の離れへ戻ったら、雪絵でとおしてくれ。多聞さんのこころ、裏切れぬでな」

お葉は、こくり、と小さく頷いた。その仕草には、雪絵の可憐さが戻っていた。

蔵人は払暁《ふつぎよう》、水月に立ち寄った。すべての経緯《ゆくたて》を包み隠さず話したお葉に、仁七がいった。

「おれんとこで着替えてゆきな。雪絵さんは蔵人の旦那の頼みで旅に出ていたことにすりゃあいいさ」

　お葉は、おもわず、仁七を見つめた。その目に浮かびあがったものが、みるみるうちに膨れあがり、一粒の水滴となって零《こぼ》れ落ちた。
　蔵人は仁七にすすめられるまま、水月の座敷で眠りについた。疲れていたのか、ぐっすりと寝入り、目覚めたときは陽差しが中天に昇っていた。

　蔵人を、大きな二つの繋ぎが待っていた。
　ひとつは、長谷川平蔵からの、
［無事役宅に戻った］
　との書付《かきつけ》であり、ひとつは斎藤主膳と徳蔵が、大口屋の根岸の寮へ入った、というものであった。寮には斎藤の配下の小人目付たちも集まっている、という。
　大口屋を張り込んでいた晋作と、斎藤を見張りつづけていた仁七の復申に、蔵人は、平蔵が死んだと思いこんだ悪党どもが密やかな祝宴を催すのではないか、と推定した。
「無駄になるかもしれぬが斬り込みの支度を調《ととの》え、大口屋の根岸の寮へ向かう。皆を集めよ」
　蔵人は仁七と晋作に命じた。

根岸の里は、夜の帳《とばり》に覆われていた。

このあたりは江戸の豪商たちの寮や隠棲した大名、大身旗本の別邸が点在する風光明媚《ふうこうめいび》な土地であった。

大口屋の寮には、そんな根岸には不似合な、物々しい警戒網が敷かれていた。小人目付らに指示しているのは斎藤主膳であった。

斎藤はすべてが抜かりなく手配りされているかを見極めるために、寮の広大な庭を見回っていた。

庭内に造られた細流の、草花が咲き乱れる岸辺に立った斎藤の行く手に、黒の着流し姿の浪人者が現れた。せせらぎの脇に立つ大木の蔭に身を潜《ひそ》め、斎藤が来るのを待ち受けていた、とみえた。

「剣の決着、余人を交えず果たしたく」

蔵人は、腰の胴田貫を抜き、低い姿勢で下段に構えた。

「刀を交えるは三度目だな。此度《こたび》は、斬る」

斎藤も大刀を抜きはなった。大上段に振りかぶる。蔵人の躰は、主膳の立つところよりなだらかに下り落ちた、細流沿いにあった。

斎藤は、太刀と己の腕を合わせた長さと、地の傾斜を目測した。刀が蔵人の躰を両断するためには、踏み込むなり、己が躰の重みをかけて一気に振り下ろさねば、平地で刀を振り下ろす速さにはかなわぬ、と考えていた。傾斜に合わせて前のめりになることだけは避けねばならぬ。姿勢が前傾したときは、己の剣に託す力が半減することを、斎藤は知っていた。

蔵人は根が生えたごとく、低く下段に構えたまま、身動きひとつしない。

睨み合いのときが、流れた。

仕掛けたのは斎藤だった。一歩踏み出した斎藤の動きに呼応して、低く下段に構えた蔵人の切っ先がさらに沈み、逆袈裟《ぎゃくけさ》に跳ね上げられた。

その剣先から斬り上げられた、咲き誇る無数の草花が、一本の花冠《かかん》の箭《や》と化して斎藤の顔面を襲った。斎藤は、なかば反射的に刀で打ち払った。

払われた花冠は細かくちぎれて花びらとなり、花吹雪の屏風絵《びょうぶえ》と変じて、斎藤の視界を遮《さえぎ》った。

一刹那のことであった。

次の瞬間、斎藤の左脚の付け根の感覚が失われた。己の左の股関節を、低く沈んだ姿勢のまま逆袈裟の剣を振るい、背後へ駈け抜けた蔵人の胴田貫が断ち斬ったのだ、と悟ったとき、斎藤の躰は平衡を失い、どう、とばかりに地面に崩れ落ちた。付け根から斬り離された己の左脚が、地面を踏みしめて立っている。

斎藤は、大刀で躰を支えて、蔵人を睨み据えた。

「見慣れぬ太刀筋、何という技だ」

「花舞の太刀、という。我が鞍馬古流につたわる秘太刀としれ」

「花舞の太刀。花びらを楯《たて》がわりにするとは、風雅な……」

斎藤の断ち斬られた股関節の、太腿の付け根から噴き出す血に、舞いながら落下する白い花びらが真紅に染まり、白と赤との華麗な舞いを繰り広げながら、吹く風に揺らいで散っていった。

斎藤は、助からぬと悟ったか、己が首筋に刀を当て、血脈を斬り裂いた。血が噴水となって噴き上げた。斎藤は、数度、激しく痙攣《けいれん》し、やがて、その動きを止めて頽《くずお》れた。

斎藤の絶命を見届けた蔵人は、歩を転じた。多聞たちが斬り込んだのか、彼方《あち》此方《こち》で剣戟《けんげき》の響きがあがった。

蔵人は悠然と歩をすすめた。目指す相手は若年寄水野監物、札差大口屋徳蔵、夜嵐の重助の三人であった。

（必ず、斬る!!）

との、強い覚悟を決めていた。

寮の奥座敷では水野監物と大口屋徳蔵、夜嵐の重助が酒を酌み交わしていた。

「斎藤さまは遅うございますな」

徳蔵が水野に酌をしながら、いった。

「あれでけっこう完全主義でな。とことんやらねば気がすまぬのよ。警戒の手配りを、事細やかに行っている姿が目に浮かぶ」

水野が薄ら笑いを浮かべて盃を干した。

「殿。身共は、いつまで夜嵐の重助でいなければならぬのですか、そのこと是非にも教えていただきたい。もっとも茅場藩剣術指南役として肩苦しい武家暮らしをするより、身共には凶盗夜嵐の重助のほうが似合っているようですが」

夜嵐の重助こと覚念寺の住職道心の実体は、茅場藩藩主水野監物の密命を帯びた、茅場藩剣術指南役蔵田利兵衛《くらたりへえ》であった。

蔵田は、水野の、老中となって幕政を牛耳《ぎゅうじ》る、という野望を果たすに必要な裏金づくりのために、押し込みを働いていたのだった。

「二代目夜嵐の重助としてのそちの働き、大いに満足しておる。初代夜嵐の重助をつとめた者は妙な仏心があっての。そのこころが仇となって、余の成敗を受けたのじゃ」

水野が低く笑った。徳蔵が、

「わたしめの狙いは江戸一番の分限者《ぶげんしゃ》になること。目的のためには手段を選ばぬ。それが信条でございまする」

「お互い、よく似たものだのう」

水野と徳蔵、夜嵐の重助が顔を見合わせて含み笑ったとき、座敷に間近な庭のほうから怒号が上がり、激しく斬り結ぶ音が錯雑した。突然、屋敷のどこぞで火の手が上がったらしく、

「火事だ！」

「曲者《くせもの》！」

と、怒鳴り声が重なった。断末魔の絶叫が上がったところをみると、誰かが斬られたのだろう。

「何者かが斬り込んで、火を放ちましたぞ。ご油断めさるな」

夜嵐の重助こと蔵田利兵衛が、大刀を手にして立ち上がった。襖《ふすま》に手をかけた

とき、廊下側から突き出された胴田貫が、蔵田の胸板から背中を、襖ごしに貫いていた。気配を消した蔵人が、廊下に潜《ひそ》んで為したことであった。

　胴田貫を引き抜きざま、襖を座敷内に蹴り倒した蔵人は、座敷に踏み込むなり、慌てて立ち上がった大口屋徳蔵の首を逆袈裟に断ち斬っていた。徳蔵の首が、驚愕の目を見開いたまま宙へ飛び、派手な音をたてて壁に激突して転がった。

「若年寄、水野監物殿でござるな」

　蔵人が切っ先を監物の鼻先に突きつけて、告げた。

「武士が、刀を抜かずに果てるは、末代までの恥。武士の情。刀を抜く時をお与え申そう」

「無礼者。下がれ。下がらんか」

　恐怖に顔を引きつらせ、後退った水野監物が床の間の刀掛けから刀を摑み取った。死物狂いで刀を引き抜いた。刹那――。

「理不尽!!」

　おもわず吠えた一言には、蔵人のこころの奥底に秘めた、さまざまなおもいが籠《こ》められていた。

　その声を発したとき、蔵人は、大上段に振りかぶった胴田貫を、一気に水野監物の脳天に叩きつけていた。水野監物の顔に血の糸が走り、その糸はすぐにほどけて、真っ二つに断ち割られた顔がずれるや、左右に分かれて崩れ落ちていった。

蔵人は、頭から胸まで両断された水野監物の死体を見下ろした。酷《むご》い死に様であった。蔵人のなかに、己のなしたことを悔いるこころが迸《ほとばし》った。

が、それも一瞬のことであった。

蔵人は、心中で吐き捨てた。

(斬るも理不尽。斬らるるも理不尽。おれの理不尽は、いま、このとき、この刹那のこと。こやつらの理不尽は、命あるかぎり永遠につづく)

「懺悔《さんげ》無用!!」

低いが、野獣の咆哮《ほうこう》に似た、強固な意志を籠めた、蔵人の声音《こわね》であった。

蔵人は鍔音《つばおと》高く、胴田貫を鞘《さや》に納めた。

同じ頃、浅傷《あさで》を負った肩をかばって、白布で腕を吊った長谷川平蔵に指揮された火付盗賊改方の面々と、応援の南町奉行所の与力、同心たちに率いられた捕方たちが佃島の人足寄場を襲っていた。佃島に巣喰った夜嵐一味は容赦なく斬り捨てられ、捕らえられて壊滅した。

寺島村の覚念寺も寺社奉行の手の者に急襲され、偽坊主など居残った者どもは、すべて処断された。

数日後、雲ひとつない晴天の下《もと》、今を盛りと咲き競う野の花の香りが風に揺らぐ大川の土手に座り、釣りを楽しむ浪人とおぼしき着流しの二人連れがいた。火付盗賊改方長官長谷川平蔵と結城蔵人であった。

「ほんとに斬るとはおもわなかったぞ」

平蔵が傷口が疼《うず》くのか、肩を押さえていった。

「あれしか手がありませんでした。これからも、同じ事態に陥《おちい》れば、同じことを繰り返すだけ」

平然と応じる蔵人に、平蔵が、

「こやつめ。そのうち、わしが逆の立場となって、蔵人を叩っ斬ってやるわ」

「ご存分に。ただし」

「ただし、何じゃ」

「そのときは、私同様、皮一枚だけ斬り裂くほどの刀技を、披露していただきたい」

蔵人の目が、悪戯《いたずら》っぽく笑っていた。

「こやつ、わしの腕をみくびりおって」

平蔵の高笑う声が、大川に響き渡った。

【参考文献】

『三田村鳶魚　江戸生活事典』稲垣史生編　青蛙房
『時代風俗考証事典』林美一著　河出書房新社
『江戸町方の制度』石井良助編集　人物往来社
『図録　近世武士生活史入門事典』武士生活研究会編　柏書房
『日本街道総覧』宇野脩平編集　人物往来社
『図録　都市生活史事典』原田伴彦・芳賀登・森谷尅久・熊倉功夫編　柏書房
『復元　江戸生活図鑑』笹間良彦著　柏書房
『絵でみる時代考証百科』名和弓雄著　新人物往来社
『時代考証事典』稲垣史生著　新人物往来社
『長谷川平蔵　その生涯と人足寄場』瀧川政次郎著　中央公論社
『考証　江戸事典』南條範夫編　新人物往来社
『江戸名所図会　～上・中・下～』鈴木棠三・朝倉治彦校註　角川書店
『武芸流派一〇〇選』綿谷雪著　秋田書店
『大江戸ものしり図鑑』花咲一男監修　主婦と生活社
『江戸切絵図散歩』池波正太郎著　新潮社
『大日本道中行程細見圖』人文社

『寛政江戸図』人文社
『江戸切繪圖』人文社

コスミック・時代文庫

裏《うら》火《か》盗《とう》裁《さば》き帳《ちよう》

2023年6月25日　初版発行

【著者】
吉《よし》田《だ》雄亮《ゆうすけ》

【発行者】
相澤　晃

【発行】
株式会社コスミック出版
〒154-0002 東京都世田谷区下馬6-15-4
代表　TEL.03(5432)7081
営業　TEL.03(5432)7084
FAX.03(5432)7088
編集　TEL.03(5432)7086
FAX.03(5432)7090

【ホームページ】
http://www.cosmicpub.com/

【振替口座】
00110-8-611382

【印刷／製本】
中央精版印刷株式会社

乱丁・落丁本は、小社へ直接お送り下さい。郵送料小社負担にてお取り替え致します。定価はカバーに表示してあります。

ISBN978-4-7747-6474-0 C0193